간단해요!

강화韓語口說力，自由自在遊韓國！

現在開口

說韓語

長友英子・荻野優子／合著

笛藤出版

序言

　　本書是為了讓對韓國・朝鮮語有興趣的讀者，能夠更進一步認識韓語所編寫而成。由於本書是以初學者為對象，也值得推薦給曾經學習過韓語，或想要再次挑戰的讀者。

　　本書總共分為四個章節。從簡單的基本會話開始，幫助讀者在初始階段能夠快樂又輕鬆地進行學習，之後再循序漸進地學習下去。

　　在PART1中，先認識有關韓語的基本文法，再慢慢提升等級。PART2開始介紹韓語不可或缺，必須牢記的重要表達方式。PART3則是學習韓國生活中最常使用的會話。尤其PART3加入了許多日常生活中經常接觸的主題，可以立即應用在實際場合中，請讀者們務必記下來，並且嘗試使用看看，一定會覺得開口說韓語是一件快樂的事情。在PART4中，針對初級文法比較困難的部分，包括規則活用的結構、不規則活用、現在連體形等，以簡單明瞭的方式解說，幫助讀者了解。除此之外，學習外語的樂趣之一，就是了解該國家的歷史與文化，因此也會從各種觀點，簡單介紹韓國的歷史、地理和信件的寫法，幫助讀者完成一系列的語言學習。

　　真心希望藉由本書，能夠幫助對韓國・朝鮮語有興趣的讀者，更靠近韓語世界，並且感受其中魅力。最後感謝幫忙校正並給予寶貴建議的李尚昱先生，以及負責配音的李泓馥老師、田所二葉老師，以及負責配音和校正的崔鶴山老師，感謝你們的辛勞。

　　那麼，就讓我們一起 **화이팅！**（加油！）

作者

目錄

PART 1 清楚明瞭！超基礎文法

PART 2 必學！30 種重要句型表達

PART 3 韓國生活實境會話

PART 4 韓語會話力 UP! 文法 & 實用知識

本 書 的 結 構 和 使 用 方 法

本書由四大單元和附錄組合而成

PART1• 清楚明瞭！超基礎文法

　　彙整出韓語文字的結構和發音、韓語的名詞、句子的基本構造等，以及開始學習會話時，所必須要掌握的基本知識。

※母音和子音的說明部分，所採用的發音記號是按照國際音譯的標準而標記，同時也包括英語發音中所沒有的記號。

PART2• 必學！30種重要句型表達

　　從「非正式尊敬語尾」的初階表達方式開始，精選出30種使用方法，和詢問具體事物時的各種表達方法。由於每進行4～6個項目就會伴隨簡單的練習問題，因此可以一邊複習內容，一邊增強學習效益。

●基本範例：重點部分會採用不同顏色標示。

●由於單字會中韓對照同步逐一翻譯，能夠輕鬆了解片語的句子結構。

●使用用言的情況，會標示出原型動詞或原型形容詞的結構。

●另外也會補充許多例句或參考解說。

●清楚解說要點。

●發音的羅馬拼音

●加強標註重點部份。

●韓語基本上雖然是涵蓋發音的表音文字，但在連接下一個音時，會產生發音「連音化」的特徵。

●在 PART 2 裡，為了幫助讀者了解句子結構，結構裡的單字會標記單獨發音時的發音記號，但是連接成句子唸出來時，也會有和前面單字連接發音的情形。

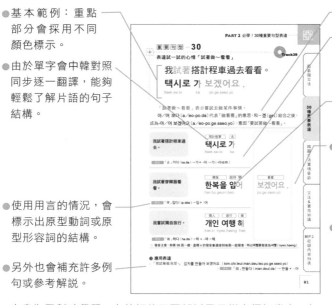

●本書為了幫助學習，在韓語的下面都以羅馬拼音標記發音。但是，以英文標記韓語的發音時，自然會有其界限。

●隨著換氣或單字段落的排列方式，儘管是同樣的單字，發音時也可能會有濁音化的現象，因此，拼音記號也會隨之不同。

PART3 · 韓國生活實境會話

　　以女性旅行和會面為主題，一共有21個場景，再加上表情豐富的插圖，輕鬆學習日常會話的同時，也一起來精通活用韓語吧。

●MP3 的閱讀順序。號碼代表此兩頁所使用的部分。

●此色框是指主角小舞和俊奇以外登場人物的台詞。

●實用度較高的單字。

●此色框是擔任導遊角色－準基的台詞。

●此色框是這次旅行的主角－小舞的台詞。

●在註解文字部分，會提供補充資訊或和單字有關的有益資訊。

PART4 · 韓語會話力UP！文法 & 實用知識

　　對於韓語有初步了解之後，就會想要再多了解其它更多有關韓國的知識。為滿足讀者的需求，這個單元將針對韓語的文法、敬語表達、用言使用法等等進行更進一步的解說。另外，也會介紹信件的寫法，以及對照國語注音的韓語發音表、歷史關聯的單字等各式各樣的資訊，能更有助於溝通和享受韓國文化的樂趣。

附錄 · ＭＰ３收錄內容列表

　　將MP3上的內容拿掉發音記號後重新刊載，練習不依賴發音記號，讓眼睛、耳朵能夠都習慣看、聽韓語。

本書附錄MP3裡，收錄以下的內容

PART 1：**韓語的發音重點**

PART 2：**重要項目 1 ～ 30 的例句**

PART 3：**Scene 1 ～ 21 的慣用會話和單字**

MP3同時收錄中文和韓文，在學習的同時，可以同步進行發音練習。建議一邊聽發音，一邊跟著反覆練習，之後闔上書本，反覆聆聽MP3的發音，跟著進行口語練習。把發音唸得清楚而標準，同時不斷反覆練習，相當重要。

MP3編號		收錄內容	頁數	MP3編號		收錄內容	頁數
01	P A R T 1	關於基本母音字	15	31		重要句型—22	67
02		關於複合母音字	17	32		重要句型—23	68
03		基本子音字的發音練習	21	33		重要句型—24	69
04		字首和字中的發音差異	22	34		重要句型—25	72
05		激音（氣音）的範例	23	35		重要句型—26	73
06		濃音（重音）的發音練習	24	36		重要句型—27	74
07		濃音（重音）的範例	25	37		重要句型—28	75
08		平音、激音、濃音的比較	25	38		重要句型—29	76
09		收尾音的發音練習	27	39		重要句型—30	77
10	P A R T 2	重要句型—1	36	40	P A R T 3	Scene1	82
11		重要句型—2	37	41		Scene2	84
12		重要句型—3	38	42		Scene3	86
13		重要句型—4	39	43		Scene4	88
14		重要句型—5	42	44		Scene5	90
15		重要句型　6	43	45		Scene6	92
16		重要句型—7	44	46		Scene7	94
17		重要句型—8	45	47		Scene8	96
18		重要句型—9	48	48		Scene9	98
19		重要句型—10	49	49		Scene10	100
20		重要句型—11	50	50		Scene11	102
21		重要句型—12	51	51		Scene12	104
22		重要句型—13	54	52		Scene13	106
23		重要句型—14	55	53		Scene14	108
24		重要句型—15	56	54		Scene15	110
25		重要句型—16	57	55		Scene16	112
26		重要句型—17	60	56		Scene17	114
27		重要句型—18	61	57		Scene18	116
28		重要句型—19	62	58		Scene19	118
29		重要句型—20	63	59		Scene20	120
30		重要句型—21	66	60		Scene21	122

일

PART 1

清楚明瞭！超基礎文法

學習韓語會話的第一步，現在就讓我們來掌握韓語單字和句子結構等簡單的文法知識吧。

韓語字母的結構

■ 韓語是表音文字

韓語使用的韓文文字（한글^{han.geul}），是由朝鮮王朝最受尊崇的世宗大王下令制訂，並於1446年命名為「**訓民正音**」。訓民正音具有「教導百姓正確字音」之意。不過「한글^{han.geul}」一名的由來，是20世紀初韓語研究學者周時經先生所首創的名稱。韓文字和平假名、英文字母一樣都是表音文字，單就文字本身而言，並沒有特殊象徵意義。

■ 韓語的結構

韓語文字結構非常簡單。由表示**子音**的部份和表示**母音**的部份相結合，來表示一個文字。

韓文1個文字中，子音和母音的基本組合要素可分為2種類型。

- **子音＋母音** --------------- （**2個要素**）
- **子音＋母音＋子音** --------- （**3個要素**）

不論看起來多麼複雜的文字，全都是根據這個原則。除此之外，表示子音和母音的部份，以下列方式稱呼。

- **表示子音的部份→子音字**
- **表示母音的部份→母音字**

POINT

活用韓語字母表

本書所收錄的「韓語字母表」，在背誦韓語子音音的基本讀音時，非常方便。建議不妨多多利用！

超基礎文法

30種重要表達

韓國生活實境會話

文法＆實用知識

MP3收錄內容列表

韓語組合的基本要素

1 子音＋母音的情況

先寫子音，然後在其右側或下面添加母音。

 （讀音：ha）

 （讀音：ku）

2 子音＋母音＋子音的情況

再添加一個子音的情況，一定要寫在最下面，而這種添加在字尾的子音，就稱做收尾音。

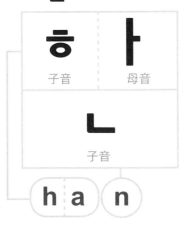 （讀音：han）

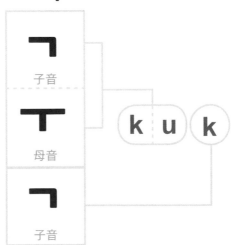 （讀音：kuk）

關於基本母音字

■ **韓語的 10 個基本母音**

　韓語的基本母音有**10個**，表示母音的文字稱做**基本母音字**。

　雖然韓語的母音字看起來都是直線，但是直線「ㅣ」代表「人」，橫線「ㅡ」代表「地」，短線（點）「·」代表的是「天」。「天地人」就是「宇宙萬物」，完美地表現出無限的可能性。

POINT

注意在寫「ㅏ」和「ㅜ」的母音時，要先寫上子音「ㅇ」（i.eung）的部分。

〔例〕

孩子	牛奶	上面
아이	우유	위
a.i	u.yu	wi

■ **陽性母音和陰性母音**

　在10個基本母音中，將ㅏ（a）、ㅑ、（ya）、ㅗ（o）、ㅛ（yo）4個基本母音稱做為**陽性母音**，其它以外的6個基本母音則稱做為**陰性母音**。隨著母音的不同，用言的活用（→**P.30**、**P.125**）也會有變化。

陽性母音▶	ㅏ	ㅑ	ㅗ	ㅛ		
	a	ya	o	yo		
陰性母音▶	ㅓ	ㅕ	ㅜ	ㅠ	ㅡ	ㅣ
	eo	yeo	u	yu	eu	ｲ

● 基本母音字 **Track01**

① 嘴型張開一點發音的母音字

[a]	[ya]	[eo]	[yeo]
發音和注音的「ㄚ」類似，嘴型稍微再張大一點。	發音和注音的「一ㄚ」類似，嘴型稍微再張大一點。	以注音的「ㄚ」發音的嘴型寬度，改發出「ㄛ」的音。	以注音的「一ㄚ」發音的嘴型寬度，改發出「一ㄛ」的音。

② 雙唇突出發音的母音字

⊥	⊥⊥	ㅜ	ㅠ
[o]	[yo]	[u]	[yu]
將雙唇拱成突出小圓形，同時發出「ㄡ」的音。	將雙唇拱成突出小圓形，同時發出「一ㄡ」的音。	將雙唇拱成突出小圓形，同時發出「ㄨ」的音。	發音和英文的「U」類似。將雙唇拱成突出小圓形，同時發音。

③ 雙唇向左右兩邊拉開發音的母音字

[eu]	[i]
將雙唇扁平地向左右兩邊拉開，將「ㄜ」的音壓扁，發出「eu」的音。	發音和注音的「一」類似。將雙唇向左右拉開發音。

 POINT

雖然使用注音標示，但所列示出的韓語母音和中文注音，在發音上還是有些許不同，請特別注意。

ㄛ　ㄡ	ㅓ	⊥
一ㄛ　一ㄡ	ㅕ	⊥⊥
ㄨ　ㄜ（扁音）	ㅜ	一

超基礎文法

30種重要表達

韓國生活實境會話

文法&實用知識

MP3收錄內容列表

關於複合母音字

■ 何謂複合母音字？

　　舉例來說，在韓語裡將母音的「ㅗ」和「ㅏ」連續快速發音時，會像「ㅗ＋ㅏ」→「哇」一樣，出現2個發音變成1個發音的情形。像這樣將2個母音組合，變成1個母音的文字，可以稱做是**複合母音字**。複合母音字是將基本母音字合組而成的，全部共有**11個**。

■ 發音的重點

　　在複合母音字中，ㅙ [wɛ]、ㅚ [we]、ㅞ [we] 幾乎一樣，都發「ㄨㄟ」的音。

　　ㅢ [ɰi]在**字首**（單字的第一個字），或是**字中**（單字的非第一個字），以及表示助詞「～的」（所有格）的情況，發音都不相同。

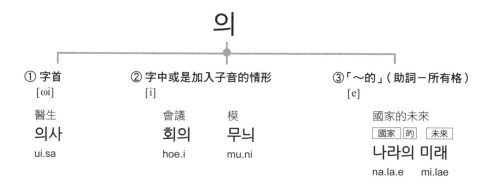

의

① 字首　　　　　　　② 字中或是加入子音的情形　　　③「～的」（助詞－所有格）
[ɰi]　　　　　　　　　[i]　　　　　　　　　　　　　　[e]

醫生　　　　　　　會議　　　　模　　　　　　　國家的未來
의사　　　　　　**회의**　　**무늬**　　　　　國家　的　未來
ui.sa　　　　　　　hoe.i　　　mu.ni　　　　**나라의 미래**
　　　　　　　　　　　　　　　　　　　　　na.la.e　　mi.lae

● 複合母音字 Track02

① 嘴型張開一點發音的複合母音字

ㅏ + ㅣ ㅐ [ɛ]	ㅑ + ㅣ -ㅐ [jɛ]	ㅓ + ㅣ ㄟ [e]	ㅕ + ㅣ -ㄟ [je]
嘴型比注音的「ㄝ」再張大一點，發出「ㄝ」的音。	嘴型稍微張大一點，發出「-ㄝ」的音。	發音和注音的「ㄟ」類似，嘴型再小一點，發出「ㄟ」的音。	嘴型小一點，發出「-ㄟ」的音。

② 雙唇呈圓形發音的複合母音字

ㅗ + ㅏ ㄨㄚ [wa]	ㅗ + ㅐ ㄨㄝ [wɜ]	ㅗ + ㅣ ㄨㄟ [we]	ㅗ + ㅓ ㄨㄛ [wɔ]
將雙唇拱成圓形，發出「ㄨㄚ」的音。	將雙唇拱成圓形，發出「ㄨㄝ」的音，這時「ㄨㄝ」的嘴型要張大一點。	將雙唇拱成圓形突出，發出「ㄨㄟ」的音。	將雙唇拱成圓形後，發出「ㄨㄛ」的音。

③ 雙唇向左右拉開發音的複合母音字

ㅜ + ㅔ ㄨㄟ [we]	ㅜ + ㅣ ㄨ- [wi]	ㅡ + ㅣ ㄜ- [ɰi]
將雙唇拱成圓形突出，發出「ㄨㄟ」的音。	將雙唇拱成圓形，先發出「ㄨ」的音，然後迅速滑到「-」的音。	將唇形左右拉開，維持扁平的形狀，發出「ㄜ-」的音。

掌握子音字

　　韓語的基本子音有**14個**，稱做為**基本子音字**。

　　基本子音子是以唇、舌、軟口蓋（上顎中的柔軟部份）、齒、喉等發音器官的形狀演化而來。將各個發音器官的形狀和文字結合，就可以馬上記住字形。

　　除此之外，在基本子音裡，像 →（미음）、 →（비읍），每個子音都有各自的稱呼，非常好記又方便。在列表裡面的發音記號，是以初聲（文字中排在第一劃的子音字）的發音標示（→P.26）。另外，**平音**（虛音、濁音）、**激音**（氣音）是從發音特徵而加以區分的稱呼方式（→P.22、P.23）

1 **請想像嘴唇的形狀來記憶吧。** • • • • • • • • • • • • • • • • • •

名稱	發音
ㅁ음 mieum	[m]

- 緊閉雙唇，發出[m]的音。
- 請想像成嘴唇的形狀。
- 在字首、字中的發音皆相同。

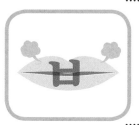

名稱	發音
비읍 bieub	[p,b] ＜平音＞

- 稍微震動嘴唇，發出聲音。
- 在 ㅁ 的上面稍微露出的部份，請想成是微弱的氣流。
- 柔弱的發音，在字首會發[p]的音，在字中會濁音化發出[b]的音。

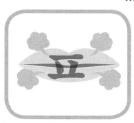

名稱	發音
피읖 pieup	[pʰ] 〈激音〉

- 將氣流從嘴唇激烈推出，而發出的音。
- 橫向露出的鬍鬚部份，請想成是較激烈的氣流。
- 不論是在字首或是字中，發音皆相同，也都不會濁音化。

2 請想像舌頭的形狀來記憶吧。

名稱　　　發音

└

니은　　[n]
nieun

- 舌尖貼住上牙齒內側，與齒齦附近發出的音。
- 請想像成舌頭貼住上齒齦的樣子。
- 和注音「ㄋ」一樣，發[n]的音，不論排在字首或字中，發音皆相同。

名稱　　　發音

ㄷ

디귿　　[t,d]〈平音〉
digeut

- 好像將ㄴ的上面擋住一樣，加上一劃的形狀。
- 舌尖接觸上牙齒內側和齒齦，柔弱地彈開並發音。
- 排在字首，會像注音「ㄊ」一樣，發出[t]的音，排在字中則會發成[d]的音。

名稱　　　發音

ㅌ

티읕　　[tʰ]〈激音〉
tieut

- ㄷ再加一劃的形狀。
- 新加上的一劃，請想成是更激烈的氣流。
- 發音的位置和ㄷ一樣，但要發出較激烈的氣流，不論是排在字首或在子中，都不會濁音化，發音皆相同。

名稱　　　發音

ㄹ

리을　　[r,l]
lieul

- 舌尖貼住上牙齒後面的上顎，然後輕彈發音。
- 像注音「ㄌ」一樣，發出[r]的音，無論排在字首或是字中，都沒有區別。

超基礎文法

30種重要表達

韓國生活實境會話

文法&實用知識

MP3收錄內容列表

3 請想像舌根頂在軟口蓋（上顎中的柔軟部份）來記憶吧。 • • • • • • •

名稱　　發音
기역　　[k,g] ＜平音＞
giyeok

- 想像從舌根連結到上顎之間的形狀，發出的音。
- 幾乎不會發出氣流，軟柔的發音。
- 排在字首時，會像注音「ㄎ」一樣，發出[k]的音，排在字中則會濁音化，發出[g]的音。

名稱　　發音
키읔　　[kh] 〈激音〉
kieuk

- ㄱ再加一劃的形狀。
- 發音的位置和ㄱ一樣，但要發出較激烈的氣流。
- 新加上的一劃，請想成是更激烈的氣流，不論是排在字首或在字中，都不會濁音化，發音皆相同。

4 請想像牙齒的形狀來記憶吧 • • • • • • • • •

名稱　　發音
시옷　　[s]
siot

- 請想像形狀就像尖銳的牙齒。
- 以舌尖和牙齦發出摩擦音，比注音「ㄙ」還要再輕柔地發音，發出柔軟的[s]音。
- 不論排在字首或在字中，發音皆相同。

名稱　　發音
지읒　　[tʃ,dʒ] ＜平音＞
jieut

- ㅅ再加一劃的形狀。
- 排在字首會發出像注音「ㄘ」一樣的[tʃ]音，排在字中會發出像注音「ㄗ」一樣，但較輕柔的音。

名稱　　發音
치읓　　[tʃh] 〈激音〉
chieut

- ㅈ再加一劃的形狀。
- 像注音「ㄘ」一樣，但發出較激烈的氣流，發[tʃ]的音。
- 不論是排在字首或在字中，都不會濁音化，發音皆相同。

超
基
礎
文
法

30
種
重
要
表
達

韓
國
生
活
實
境
會
話

文
法
＆
實
用
知
識

MP3
收
錄
內
容
列
表

5 請想像喉嚨的形狀來記憶吧。• •

O
이응
ieung

名稱　　發音
　　　[ŋ]

● 請想像成喉嚨的形狀。
● 作為初聲（文字中排在第一劃的子音字）時，不會發音。
● 作為終聲／尾音（받침）時，會發出[ŋ]的音。

· ·

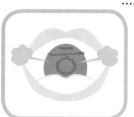

ㅎ
히읗
hieut

名稱　　發音
　　　[h]

● 從喉嚨發出較強的氣流來發音。
● 像注音「ㄏ」一樣，發出[h]的音。
● 排在字中時，會弱化發音，有時聽不太出來。

　我們將每個子音，結合母音的 ㅏ [a]（ㄚ）來發音看看吧，而下列表格所列出的子音順序，等於字典中所刊載的順序。

● 基本子音字的發音練習

Track03

가	나	다	라	마	바	사
ka	na	ta	la	ma	pa	sa

아	자	차	카	타	파	하
a	cha	cha	kka	tta	ppa	ha

子音發音的注意要點

■「平音（虛音、濁音）」── 柔弱的發音

　　以下5個子音皆以微弱送氣的方式柔和發音，由於此發音特徵，而稱之為平音（虛音、濁音）。

　　在子音當中，除了ㅅ以外，ㄱ,ㄷ,ㅂ,ㅈ這4個子音在單字當中（排在字中），或是和前面的單字連接發音時，要濁音化來發音，這種情形稱為**實音化**或**濁音化**。

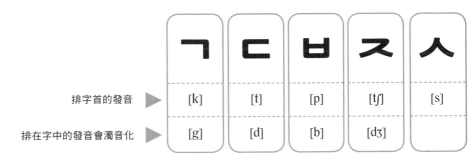

	ㄱ	ㄷ	ㅂ	ㅈ	ㅅ
排字首的發音 ▶	[k]	[t]	[p]	[tʃ]	[s]
排在字中的發音會濁音化 ▶	[g]	[d]	[b]	[dʒ]	

● 字首和字中的發音差異

Track04

肉	機器	豆腐
고기	기기	두부
ko.gi	ki.gi	tu.bu
褲子	夫婦	經常
바지	부부	자주
pa.ji	pu.bu	cha.ju

■「激音（氣音）」── 利用強烈氣流吐出聲音

　　和**激音**（氣音）的名字一樣，這種子音是伴隨激烈的發音，以下4個子音皆屬於此。

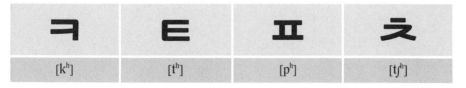

ㅋ	ㅌ	ㅍ	ㅊ
[kʰ]	[tʰ]	[pʰ]	[tʃʰ]

　　不管是排在字首或字中，發音都不會濁音化。請將發音記號上[h]的音當做是較強的氣流，比如說**카**這個子音，請將「ㄎ」和「ㄏ」2個音結合成1個音，用力唸出來。

● 激音（氣音）的範例　　　　　　　　　　　　　　　**Track05**

照相機
카메라　
ka.me.la

外套
코트　
kko.tteu

咖啡
커피　
kkeo.ppi

輪胎
타이어　
tta.i.eo

橡果
도토리　
to.tto.li

投手
투수　
ttu.su

蔥
파　
ppa

票
표　
ppyo

葡萄
포도　
ppo.do

茶
차　
cha

裙子
치마　
chi.ma

辣椒
고추　
ko.chu

■「濃音（重音）」── 喉嚨用力施力的發音

　　將平音（虛音、濁音）裡的5個子音字，並列重複寫兩次所表示的音，稱為**濃音（重音）**或**硬音**。濃音（重音）就是將喉嚨緊縮，用力來發音，而這些發音不論是排在字首，還是字中，都不會濁音化，發音皆相同。

● 濃音（重音）的發音

ㄲ [gg]	像注音「ㄍ」一樣，但更用力，更清楚發出[g]的音。	ㅉ [jj]	像注音「ㄐ」一樣，但更用力，更清楚發出[dʒ]的音。
ㄸ [dd]	像注音「ㄉ」一樣，但更用力，更清楚發出[d]的音。	ㅆ [ss]	像注音「ㄙ」一樣，但更用力，更清楚發出[s]的音。
ㅃ [bb]	像注音「ㄅ」一樣，但更用力，更清楚發出[b]的音。	※濃音（重音）子音字的稱呼方式，只要在單獨的子音字前面加上쌍（ssang）即可。舉例來說，ㄲ的情況就叫쌍기역（ssang.gi.yeok）、ㄸ的情況就叫쌍디귿（ssang.di.geut）。 就是「2個、一對」的意思。		

　　我們來結合母音的ㅏ[a]（ㄚ）發音看看吧。首先，請先仔細聽一下MP3的示範，然後跟著示範來練習發音吧。

● 濃音（重音）的發音練習

Track06

까	따	빠	짜	싸
gga	dda	bba	jja	ssa

※本書的英文拼音，在遇到濃音（重音）時，會在拼音的前面，重複標記兩次英文字母，強調發出重音。

濃音（重音）的範例

Track07

- 剛剛
  아까
  a.gga
- 肩膀
  어깨
  eo.ggae
  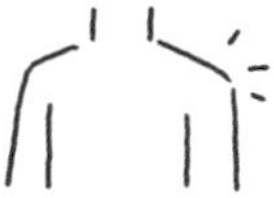
- 開瓶器
  따개
  dda.gae

- 再、又
  또
  ddo
- 骨頭
  뼈
  bbyeo

- 忙碌
  바쁘다
  pa.bbeu.da
- 便宜
  싸다
  ssa.da

- 貴
  비싸다
  pi.ssa.da

- 鹹
  짜다
  jja.da

- 湯鍋（韓式料理）
  찌개
  jji.gae

讓我們來比較一下平音（虛音、濁音）、激音（氣音）、濃音（重音）在發音上的差別吧。

以注音來說明會有界限，但基本上來說，用平音（虛音、濁音）來唸「ㄎ」時，會發出幾乎沒有氣流的「ㄎㄚ」或「ㄍㄚ」（가），而用激音（氣音）來唸「ㄎ」時，則會發出強烈的氣流的「ㄎㄚ」（카），也絕對不會濁音化。

平音（虛音、濁音）、激音（氣音）、濃音（重音）的比較

Track08

平音	가		다		바		자		사	
	ㄎㄚ	[ka]	ㄊㄚ	[ta]	ㄆㄚ	[pa]	ㄘㄚ	[cha]	ㄙㄚ	[sa]
激音	카		타		파		차			
	ㄎㄚ	[kka]	ㄊㄚ	[tta]	ㄆㄚ	[ppa]	ㄘㄚ	[cha]		
濃音	까		따		빠		짜		싸	
	ㄍㄚ	[gga]	ㄉㄚ	[dda]	ㄅㄚ	[bba]	ㄗㄚ	[jja]	ㄙㄚ	[ssa]

收尾音的發音

■ 何謂收尾音？

寫在文字最下面的子音字，就叫做**收尾音**（**받침**）。而「**받침**」就是「支撐」的意思。

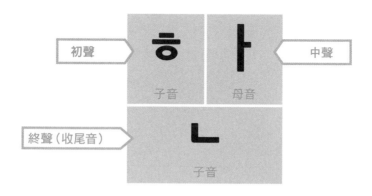

使用在收尾音的子音，彙整之後可分類為**7個音**。雖然有時也會有由2個子音字構成的收尾音，但是這種情況會根據發音規則，來決定發其中哪一個音。

■ 關於連音化

收尾音是中文所沒有的發音方法，所以台灣人一般不容易習慣，一邊想像發音，一邊練習是很重要的。

另外，收尾音（終聲）的後面，如果連接以母音開頭的文字時，該收尾音就會和後面的母音結合，成為下一個字的第一個子音，一起發音。這就叫做**連音化**，在韓語字母的發音中，連音化可以說是一個非常重要的規則。

【例】

● 使用於收尾音的文字和發音

收尾音的發音	發音要領	文字標記
① ㄱ [k] ㄅ	舌尖縮起，使舌根接觸上顎，聲音不完全發出，卡在喉根部發[k]的音。	ㄱ，ㅋ，ㄲ， ㄳ，ㄺ
② ㄷ [t] ㄊ	舌尖碰觸上牙齦後方，聲音不完全發出，卡在喉根部發[t]的音。	ㄷ，ㅌ，ㅅ， ㅆ，ㅈ，ㅊ， ㅎ
③ ㅂ [p] ㄆ	唇形緊閉的狀態，發[p]的音。	ㅂ，ㅍ， ㅄ，ㄼ，ㄿ
④ ㄹ [l] ㄌ	將舌尖碰觸上牙齦後方，發[l]的音。	ㄹ， ㄽ，ㄾ，ㅀ
⑤ ㅁ [m] ㄇ	唇形緊閉，將氣流從鼻腔逸出，發[m]的音。	ㅁ，ㄻ
⑥ ㄴ [n] ㄋ	唇形打開，在舌尖貼住上牙齦的狀態下，將氣流從鼻腔逸出，發[n]的音。	ㄴ， ㄵ，ㄶ
⑥ ㅇ [ŋ] ㄥ	舌頭稍微縮起，唇形不閉上，從鼻腔逸出發鼻音[ŋ]。	ㅇ

● 收尾音的發音練習

Track09

① [k]	② [t]	③ [p]	④ [l]	⑤ [m]	⑥ [m]	⑦ [ŋ]
外面	田地	飯	腳	夜晚	一半	房間
밖	밭	밥	발	밤	반	방
pak	pat	pap	pal	pam	pan	pang

關於文章的結構與助詞

■ 韓語的語順和日語非常像！

　　韓語和日語的語順非常相似，不止是順序而已，就連日語的主格助詞「は」和「が」，韓語也都有。

　　讓我們來學習以下的例句吧。韓語的句子，基本上和日語一樣，是由當作主語的名詞，和當作述語的動詞或形容詞所構成的。

● 韓語的語順

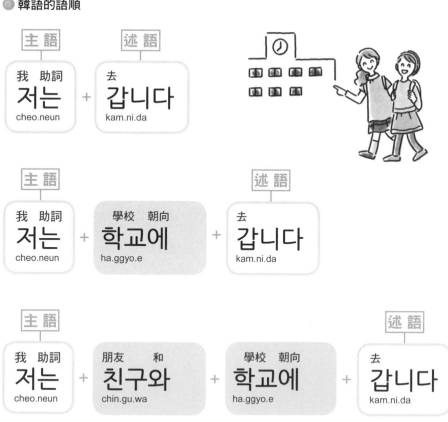

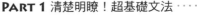

■ **韓語的「助詞」**

　　在此針對韓語的助詞做些說明。韓語的助詞和日語在意思上有許多可以對應的地方，若具備日語基礎，學習韓語會較得心應手。但是，**加在名詞後面的助詞，會根據收尾音的有無而產生變化**，因此要特別注意。讓我們看看以下的例子。

例 1　가（ka）、이（i）：表示強調主詞，即句子所描述的動作或狀態的主體。

〔1〕名詞最後一個字沒有收尾音時，使用→ 가

| 這 | 泡菜 | 助詞 | 好吃 |

이 김치가 맛있어요.

i　　kim.chi.ga　　ma.si.sseo.yo

〔2〕名詞最後一個字有收尾音時，使用→ 이

| 這 | 海苔 | 助詞 | 好吃 |

이 김이 맛있어요.

i　　ki.mi　　ma.si.sseo.yo
　　　↑收尾音的音結合後面的字發音（連音化）。

例 2　는（neun）、은（eun）：主格助詞，表達句子的主題，有強調和對比之意。

〔1〕名詞最後一個字沒有收尾音時，使用→ 는

| 我 | 助詞 | 上班族 | 是 |

저는 회사원이에요.

cheo.neun　hoe.sa.wo.ni.e.yo
　　　　　　↑收尾音的音結合後面的字發音（連音化）。

〔2〕名詞最後一個字有收尾音時，使用→ 은

| 弟弟 | 助詞 | 上班族 | 是 |

남동생은 회사원이에요.

nam.dong.saeng.eun　hoe.sa.wo.ni.e.yo
　　　　　　　　　↑收尾音的音結合後面的字發音（連音化）。

　　助詞在日常口語會話當中，經常會被省略（→P.43、P.45）。

關於用言

▣ 體言和用言

　　韓語和日語一樣，有**體言**和**用言**

　　所謂體言，就是「名詞」、「代名詞」和表示數量的「數詞」等，沒有活動作用的名詞。用言指的是本身有活動作用，可以當作述語來使用的詞。

▣ 韓語的用言有 4 個種類

　　用言是表示事物的動作、作用、存在和特性的詞。由於要當作述語來使用，因此有語尾變化的現象。

　　用言有以下4個種類。

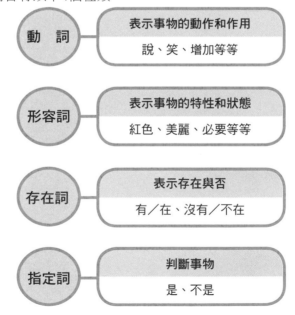

動　詞	表示事物的動作和作用 說、笑、增加等等
形容詞	表示事物的特性和狀態 紅色、美麗、必要等等
存在詞	表示存在與否 有／在、沒有／不在
指定詞	判斷事物 是、不是

■ 書寫體和語尾變化

寫在字典上的所有用言，最後面都會加上這個字。

다 (da)

加上「**다**」的形式，就稱為**書寫體**，或是**原形**、**基本形**。另外，除了
「**다**」以外的部份，就稱做**語幹**，而語幹最後的字（即「**다**」前面的字）
則稱做**語幹末**。

● 用言的結構

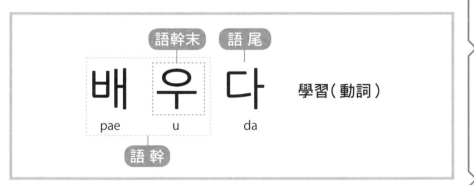

除了「**다**」以外，只有1個文字時，這個文字就兼具語幹和語幹末。

在韓語會話中，會去掉用言最後的「**다**」字，並在語幹末的後面，加
上各種語尾句型（**→P.125**）。這時，語幹末的寫法有時也會產生變化。

關於韓語的敬語表達

　　韓語的敬語表達，會隨著說話對象或立場而區分成幾種方式，當和對方比較熟，或是朋友等較親近的親密關係時，也會使用比較融洽的表達方式。一開始只要了解下列3種方式就可以了。

● **表達範例**

拘謹的表達

哪裡	去呢

어디 갑니까 ?
eo.di　　kam.ni.gga

最尊敬語尾，可以給對方禮貌而有規矩的感覺。

拘謹而親近的表達

哪裡	去呢

어디 가요 ?
eo.di　　ka.yo

普通敬語語尾，可以給對方禮貌而容易親近的感覺。

本書以這兩種表現方式為主

親近的表達

哪裡	去

어디 가 ?
eo.di　　ka

半語語尾，對方和自己同年紀又熟識，或對晚輩、熟人之間的表達，可以給對方親近的感覺。如果不是很親密的關係，最好不要使用喔。

　　在旅行途中，向對方說出禮貌而規矩的敬語，可以帶給別人很好的印象。從一開始就養成說敬語的習慣是很重要的。

PART 2

必學！30種重要句型表達

讓我們循序漸進，學習實用的基本句型表達吧。從初步的語尾表達開始，在動詞或形容詞上進行各種變化。

將本章所學習到的 30 種重要句型表達整理成一覽表，希望能夠有助於統整學習進度。

▼ 學習內容簡表

重要句型表達			頁數
[1] 學習基本的句型表達			
1	禮貌表達肯定句 「是～。」	我是田村。	저는 다무라예요 . cheo.neun ta.mu.la.ye.yo	P.36
2	禮貌表達疑問句 「是～嗎？」	是上班族嗎？	회사원이에요 ？ hoe.sa.wo.ni.e.yo	P.37
3	禮貌表達否定句 ① 「不是～」	不是人蔘茶。	인삼차가 아니에요 . in.sam.cha.ga a.ni.e.yo	P.38
4	詢問事物的問句 「是什麼呢？」	這是什麼？	이게 뭐예요 ？ i.ge mwo.ye.yo	P.39
5	表達物品、人、動物的存在狀態 「有。／在。」	有手錶。	시계가 있어요 . si.ge.ga i.sseo.yo	P.42
6	詢問物品、人、動物的存在狀態 「有嗎？／在嗎？」	有雨傘嗎？	우산 있어요 ？ u.sa.ni i.sseo.yo	P.43
7	表達物品、人、動物的不存在狀態「沒有。／不在。」	沒有護照。	여권이 없어요 . yeo.gwo.ni eop.sseo.yo	P.44
8	詢問物品、人、動物的不存在狀態「沒有嗎？／不在嗎？」	沒有末班車嗎？	막차 없어요 ？ mak.cha eop.sseo.yo	P.45
[2] 學習使用數字、具體詢問的句型表達			
9	詢問價錢的表達 「多少錢呢？」	這個多少錢？	이거 얼마예요 ？ i.geo eol.ma.ye.yo	P.48
10	表示價錢的表達——漢字數字	是5萬元。	오만 원이에요 . o.man now.ni.e.yo	P.49
11	詢問數字單位的表達	幾個？	몇 개예요 ？ myeot gge.ye.yo	P.50
12	計算物品的表達——固有數字	有7個。	일곱 개 있어요 . il.gop ggae i.sseo.yo	P.51
13	要求東西時的表達 「請給～」	請給我咖啡。	커피 주세요 . kkeo.ppi chu.se.yo	P.54
14	詢問對方意見的表達 「怎麼樣？」	柚子茶怎麼樣？	유자차는 어때요 ？ yu.ja.cha.neun eo.ddae.yo	P.55
15	詢問具體內容的表達 「什麼的～？」	是什麼書？	무슨 책이에요 ？ mu.seun chae.gi.e.yo	P.56
16	禮貌詢問姓名和年齡的表達	請問貴姓大名？	성함이 어떻게 되세요 ？ seong.ha.mi eo.ddeo.kke toe.se.yo	P.57

◎表達句型在進入後半段之後，內容會變得比較難，因此簡表區分成 3 個階段，可以循序漸進、輕鬆學習。

◎每學習 4 ～ 6 個表達句型之後，會附上簡單的練習問題，以實際作答的方式，確認學習內容。

重要句型 ― 1

重要句型 ― 1

禮貌表達肯定句「是～。」

我是田村。
저는 다무라예요.
cheo.neun-ta.mu.la.ye.yo

～예요（ye.yo）／～이에요（i.e.yo）「是～」的敬語，屬於比較禮貌客氣的表達。前面接的單字（名詞）**以母音結尾時，使用～예요（ye.yo），以子音（收尾音）結尾時，則使用～이에요（i.e.yo）**。前面可加入名字、職業和其他各種名詞來造句。

我是田村。	我 助詞 田村 **저는 다무라** cheo.neun ta.mu.la （助詞是→ P.33）	是 **예요.** ye.yo （加在母音結尾名詞後）
是歌手。	歌手 **가수** ka.su	
我的名字是智恩。	我的 名字 助詞 智恩 **제 이름은 지은** che i.leu.meun· chi.eun （所有格「我的」제→ P.148）	是 **이에요.** i.e.yo （加在子音結尾名詞後） 通常名詞最後的子音 （收尾音），會和後面 連音化來發音（ P.29）
職業是 上班族。	職業 助詞 上班族 **직업은 회사원** chi.geo.beun hoe.sa.won	

● **換個單字說說看**
- 「是足球選手。」 축구 선수예요.（chu.ggu-seon.su.ye.yo）
- 「是幼稚園老師。」 유치원 선생님이에요.（yu.chi.won-seon.saeng.ni.mi.e.yo）

36

重要句型 — 2

禮貌表達疑問句「是～嗎？」

Track11

是上班族嗎？
회사원이에요？
hoe.sa.wo.ni.e.yo

在～예요（ye.yo）／～이에요（i.e.yo）的後面，只要加上「？」，就會變成「是～嗎？」的疑問句，發音時，句尾要提高聲調。

田村先生是歌手嗎？	田村　先生　助詞　歌手 **다무라 씨는 가수** ta.mu.la　ssi.neun　ka.su	是嗎 **예요？** ye.yo （加在母音結尾名詞後）
是演員嗎？	演員 **배우** pae.u	
智恩小姐是學生嗎？	智恩　小姐　助詞　學生 **지은 씨는 학생** chi.eun　ssi.neun　hak.ssaeng	是嗎 **이에요？** i.e.yo （加在子音結尾名詞後）
是上班族嗎？	上班族 **회사원** hoe.sa.won	通常名詞最後的子音（收尾音），會和後面連音化來發音（ P.29）。

● 換個單字說說看

「是主婦嗎？」 주부예요？（chu.bu.ye.yo）

「是警察嗎？」 경찰관이에요？（kyeong.chal.gwa.ni.e.yo）

禮貌表達否定句 ① 「不是～」。

不是人蔘茶。
인삼차가 아니에요.
in.sam.cha.ga　　　a.ni.e.yo

～예요（ye.yo）／～이에요（i.e.yo）的否定句。**前面的名詞以母音結尾時，加上～가 아니에요（ga-a.ni.e.yo），以子音（收尾音）結尾時，則加上～이 아니에요（i-a.ni.e.yo）。**

不是人蔘茶。	人蔘茶 助詞 **인삼차**가 in.sam.cha.g	以母音結尾	
不是大學生。	大學生 助詞 **대학생**이 tae.hak.ssaeng.i	以子音結尾	不是 **아니에요**. a.ni.e.yo
不是韓國人。	韓國　　人 助詞 **한국 사람**이 han.guk　ssa.la.mi	以子音結尾	

● 換個單字說說看
- 「不是電腦。」　컴퓨터가 아니에요 .（kkeom.ppyu.tteo.ga-a.ni.e.yo）
- 「不是酒。」　술이 아니에요 .（su.li-a.ni.e.yo）

重要句型—4

詢問事物的問句「是什麼呢？」

Track13

這是什麼？
이게 뭐예요?

i.ge　　　mwo.ye.yo

　　詢問名字或興趣等名詞的問句，**뭐**（mwo）是「什麼」的意思，也是 **무엇**（mu.eot）的縮寫。例句中的**이게**（i.ge）就是**이것이**（i.geo.si）的縮寫（**→P.145**）。助詞**가**（ga）／**이**（i）為主語助詞，用於強調主詞。

這是什麼呢？	這個 **이게** i.ge	
名字是什麼呢？	名字 助詞 **이름이** i.leu.mi	什麼 是呢 **뭐예요?** mwo.ye.yo
興趣是什麼呢？	興趣 助詞 **취미가** chwi.mi.ga	

● **換個單字說說看**

‧「職業是什麼呢？」　　직업이 뭐예요?（chi.geo.bi-mwo.ye.yo）
‧「喜歡的食物是什麼呢？」　좋아하는 음식이 뭐예요?（cho.a.ha.neun-eum.si.gi-mwo.ye.yo）

1 請依據底線的意思，完成句子。

①我是惠美（에미）。

저는 에미□□ .

②惠美小姐是主婦嗎？

에미 씨는 주부□□ ?

③不是，我是上班族。

아뇨 , 회사원□□□ .

解答 & 解說 ···

1 ① 저는 에미예 요 .
    cheo.neun e.mi.ye.yo

自己名字的後面，要使用表示「是～。」的肯定句型～예요／이에요，而「惠美」에미（e.mi）是以母音結尾，所以要使用예요（ye.yo）。

② 에미 씨는 주부예 요 ?
    e.m   ssi.neun chu.bu.ye.yo

주부（chu.bu）「主婦」是以母音結尾的名詞，所以使用예요（e.yo），也因為是疑問句，所以在語尾要加上「？」。

③ 아뇨 , 회사원이 에 요 .
    a.nyo   hoe.sa.wo.ni.e.yo

不認同對方的問題時，在아뇨（a.nyo）「不」的後面，要使用肯定句來回答。由於회사원（hoe.sa.won）「上班族」是以子音（收尾音）結尾，所以要使用이에요（i.e.yo）。附帶一提，回答「是」的時候，要說예（ye）或네（ne）。

2 下列的空格中，要填入가／이哪一個助詞呢？

你是金尚民（김상민）先生嗎？

A: 김상민 씨예요 ?

不是，我不是金尚民。

B: 아뇨 , 김상민 ☐ 아니에요 .

3 請根據底線的意思，完成句子。

①職業（직업）是什麼呢？

A: 직업이 ☐☐ ?

②是幼稚園老師（유치원 선생님）。

B: 유치원 선생님 ☐☐ .

解答 & 解說 ‧‧‧‧‧‧‧‧‧‧

2　**아뇨 , 김상민 이 아니에요 .**
　　 a.nyo　　kim.sang.mi.ni　　a.ni.e.yo

表達「不是～」的句型，在子音（收尾音）結尾的名詞後面，要使用～이
아니에요（i-a.ni.e.yo）。

3 ① **직업이 뭐 예요 ?**　② **유치원 선생님 이 에요 .**
　　 chi.geo.bi　 mwo.ye.yo　　yu.chi.won　seon.saeng.ni.mi.e.yo

① 為詢問職業是什麼的慣用句型。

②是子音（收尾音）結尾的名詞，所以要加上**이에요**。

表達物品、人、動物的存在狀態「有。／在。」

 Track14

有時鐘。
시계가 있어요.
si.ge.ga　　i.sseo.yo

있어요（i.sseo.yo）是「有／在」的意思，表示物品、人、動物的存在狀態時，所使用的敬語，是較客氣的表達。例句中的助詞가／이在口語會話裡經常會省略（→P.29、P.142）

有時鐘。	時鐘 助詞 **시계가** si.ge.ga	
有人。	人 助詞 **사람이** sa.la.mi	有／在 **있어요** . i.sseo.yo
有小狗。	小狗 助詞 **강아지가** kang.a.ji.ga	

● **換個單字說說看**
- 「有朋友／朋友在。」　친구가 있어요 .（chin.gu.ga-i.sseo.yo）
- 「有時間。」　　시간이 있어요 .（si.ga.ni-i.sseo.yo）

重 要 句 型 ― **6**

詢問物品、人、動物的存在狀態「有嗎？／在嗎？」

有雨傘嗎？
우산 있어요？
u.san　　i.sseo.yo

在있어요（i.sseo.yo）的後面，加上「？」的話，就成為「有嗎？／在嗎？」的問句表達。發音時，聲調要提高。在這一頁的例句裡，助詞已經被省略了。

有雨傘嗎？	雨傘 **우산** u.san	
佐藤先生在嗎？	佐藤　先生 **사토 씨** sa.tto　ssi	有嗎？／在嗎？ **있어요？** i.sseo.yo
有小貓嗎？	小貓 **고양이** ko.yang.i	

● **換個單字說說看**
- 「在哪裡？」　　어디 있어요?（eo.di-i.sseo.yo）
- 「有零錢嗎？」　　잔돈 있어요?（chan.don-i.sseo.yo）

超基礎文法

30種重要表達

韓國生活實境會話

文法＆實用知識

MP3收錄內容列表

表達物品、人、動物的不存在狀態「沒有。／不在。」

Track16

沒有**護照**。
여권이 없어요.
yeo.gwo.ni　　　eop.sseo.yo

없어요（eop.sseo.yo）是있어요（i.sseo.yo）「有」的否定表現，就是「沒有／不在」的意思。

請記住**있어요**（i.sseo.yo）和**없어요**（eop.sseo.yo）是相反詞！

沒有護照。	護照 / 助詞 **여 권 이** yeo.gwo.ni	
店員不在。	店員 / 助詞 **점원이** cheo.mwo.ni	沒有／不在 없어요 . eop.sseo.yo
沒有企鵝。	企鵝 / 助詞 **펭귄이** ppeng.gui.ni	

● **換個單字說說看**

- 「沒有衛生紙。」　휴지가 없어요 .（hyu.ji.ga-eop.sseo.yo）
- 「什麼人都沒有。」　아무도 없어요 .（a.mu.do-eop.sseo.yo）

重 要 句 型 — **8**

Track17

詢問物品、人、動物的不存在狀態
「沒有嗎？／不在嗎？」

沒有末班車嗎？

막차 없어요？

mak.cha　　eop.sseo.yo

在없어요（eop.sseo.yo）的後面，加上「**?**」的話，就成為疑問句。發音時，語尾要提高聲調，在這一頁的例句裡，助詞已經被省略了。

沒有末班車嗎？	末班車 **막차** mak.cha	
李有美小姐不在嗎？	李有美　小姐 **이유미 씨** i.yu.mi　　ssi	沒有嗎？／不在嗎？ **없어요？** eop.sseo.yo
沒有貓熊嗎？	貓熊 **판다곰** ppan.da.gom	

● **換個單字說說看**
* 「沒有咖啡廳嗎？」　　커피숍 없어요？（kkeo.ppi.syop-eop.sseo.yo）
* 「沒有超商嗎？」　　편의점 없어요？（ppyeo.ni.jeom-eop.sseo.yo）

練習問題和解說 < 2 >

1 請依據底線的意思，完成句子。

①佐藤先生（사토 씨）<u>在嗎？</u>

사토 씨 ☐☐☐ ?

②不，<u>不在</u>。

아뇨, ☐☐☐ .

③山田先生(야마다 씨)<u>在</u>。

야마다 씨가 ☐☐☐ .

解答 & 解說 ......

1 ① **사토 씨 있어요 ?**
  sa.tto ssi i.sseo.yo

  因為是詢問這個人「在嗎？」的問句，所以要使用**있어요**（i.sseo.yo），而且在句尾要加上問號「？」，並提高聲調。在這個句子裡，助詞已經被省略了。

② **아뇨, 없어요 .**
  a.nyo eop.sseo.yo

  人、動物或物品「沒有／不在」的時候，要使用**없어요**（eop.sseo.yo），而句尾聲調要往下降。

③ **야마다 씨가 있어요 .**
  ya.ma.da ssi.ga i.sseo.yo

  因為是表達這個人「在」，所以使用**있어요**（i.sseo.yo）。

2 請根據底線的意思，完成句子。

①**有餐廳**(식당)**嗎？**

식당 ☐☐☐ ?

②**沒有餐廳**。

有超市（슈퍼）。

식당은 ☐☐☐ .

슈퍼가 ☐☐☐ .

解答&解說 ‧‧‧‧‧‧‧

2 ① **식당 없어요？**
　　sik.ddang eop.sseo.yo

可以使用**식당 있어요？**（sik.ddang-i.sseo.yo）「有餐廳嗎？」來詢問，但如果抱持著餐廳不好找，「好像沒有吧？」的心情，則要使用**없어요？**（eop.sseo.yo）「沒有嗎？」來詢問。在這個句子裡，助詞已經被省略了。

② **식당은 없어요. 슈퍼가 있어요.**
　　sik.ddang.eun eop.sseo.yo syu.ppeo.ga i.sseo.yo

在鄉下有些地方很難發現餐廳、廁所和商店。**슈퍼**（syu.ppeo）並不是指一般容易聯想到的大型超級市場，而是指賣食品、餅乾和日常用品的小型雜貨店。

詢問價錢的表達「多少錢呢？」

這個多少錢？
이거 얼마예요？
i.geo　　eol.ma.ye.yo

얼마예요？（eol.ma.ye.yo） 是在詢問飯店住宿費或交通費等費用的價錢時，所使用的句型。

這個多少錢？	這個 **이거** i.geo	
車費多少錢？	車費 助詞 **차비는** cha.bi.neun	多少錢 **얼마예요？** eol.ma.ye.yo
一晚多少錢呢？	一 晚 在 **일박에** il.ba.ge	

● **換個單字說說看**

- 「**裙子**多少錢?」　치마는 얼마예요?（chi.ma.neun-eol.ma.ye.yo）
- 「**費用**多少錢?」　요금은 얼마예요?（yo.geu.meun-eol.ma.ye.yo）

重 要 句 型 — **10**

Track19

表示價錢的表達──漢字數字

是 5 萬元。
오만 원이에요.
o.man　　nwo.ni.e.yo

　　數字的説法有**漢字數字**和**固有數**字2種。表示價錢時，使用漢字數字（→P.138、P.140）。**원**（won）就是韓國的金錢單位韓元，通常前面的數字以子音（收尾音）結尾時，子音會連到後面，以連音化來發音。

是5萬元。	⑤ ⓜ萬 **오만** o.man	

帽子是12萬元。	帽子 助詞 **모자는** mo.ja.neun	12 萬 **십이만** si.bi.man	元 是 **원 이에요.** wo.ni.e.yo

海苔是3千元。	海苔 助詞 **김은** ki.meun	三 千 **삼천** sam.cheon	

● **換個單字說說看**

• 「是 24 萬元。」　　이십사만 원이에요.（i.sip.ssa.man-nwo.ni.e.yo）
• 「1 公斤是1 萬8 千元。」　　일 킬로에 만 팔천 원이에요.（il-kkil.lo.e-man-ppal.cheon-nwo.ni.e.yo）

詢問數字單位的表達

幾個？
몇 개예요?
myeot　gae.ye.yo

在詢問數字時，**몇**（myeot）「幾、多少」的疑問詞後面，會連接表示幾個、幾歲、幾人的**單位詞**（表示計算物品時的單位）。根據單位的不同，會決定應該使用漢字數字或固有數字（→P.140）。

幾個？		個 是呢 **개예요？** gae.ye.yo
幾歲？	幾 **몇** myeot	歲 是呢 **살이에요？** sa.li.e.yo
幾人？		人 是呢 **사람이에요？** sa.la.mi.e.yo

● **換個單字說說看**
- 「幾張?」　몇 장이에요？（myeot-jang.i.e.yo）
- 「幾號?」　몇 번이에요？（myeot-beo.ni.e.yo）

重要句型 — **12**

計算物品的表達——固有數字

Track21

有 7 個。
일곱 개 있어요.
il.gop　　ggae　　i.sseo.yo

代表「～個」的單位詞개（gae），前面要加上固有數詞一起使用（→P.139、P.140）。前面的數字單字以子音結尾時，因為重音化，개（gae）要發 （ggae）的音。

有7個。

| 7 |
| 일곱 |
| il.gop |

有3個鑰匙圈。

鑰匙圈 助詞	3	個 有
열쇠고리는	세	개 있어요 .
yeol.soe.go.li.neun	se	gae　i.sseo.yo

有15個橘子。

橘子 助詞	15
귤은	열다섯
kyu.leun	yeol.da.seot

● **換個單字說說看**

- 「有 11 個蘋果。」　사과는 열한 개 있어요 .（sa.gwa.neun-yeo.lan-ggae-i.sseo.yo）
- 「有 8 個橡皮擦。」　지우개는 여덟 개 있어요 .（chi.u.gae.neun-yeo.deol-ggae-i.sseo.yo）

1 請依據底線的意思，完成句子。

①包包<u>多少錢</u>？

이 가방 ⬚⬚⬚ ?

② <u>13</u> 萬元。

⬚⬚ 만 원이에요 .

③這個 <u>10</u> 萬元。

이것은 ⬚ 만 원이에요 .

解答 & 解說 ....

1 ① **이 가방 얼 마 예 요 ?**

i. ka.bang eol.ma.ye.yo

詢問價錢的問句，就是**얼마예요？**（eol.ma.ye.yo）「多少錢呢？」。在韓國市場等地方，經常會有未貼價格標籤的情形，也讓人很在意價錢到底多少錢，這時千萬別猶豫，直接用**얼마예요？**問看看吧。

② **십 삼 만 원이에요 .**　③ **이것은 십 만 원이에요 .**

sip.ssam.man　nwo.ni.e.yo　　i.geo.seun　sim.man　nwo.ni.e.yo

表示價錢時，使用源自於漢字語的漢語數字。

2 請根據底線的意思，完成句子。

①小孩（아이）**幾歲**？

아이는 □ □ 이에요 ?

②是 **7 歲**。

□ □ □ 이에요 .

③這梨子（배）**2 個**多少錢？

이 배 □ 개에 얼마예요 ?

解答&解說

2 ① **아이는 몇 살 이에요 ?** ② **일곱 살 이에요 .**
　　a.i.neun　myeot　ssa.li.e.yo　　il.gop　ssa.li.e.yo

詢問年齡時，使用**몇 살**（myeot.ssal）「幾歲」。在表示年齡的**살**（sal）「歲」前面，必須使用固有數字。此外，在韓國，為了要確認是否需向說話對象使用敬語，經常會遇到被詢問年齡的情況喔。

③ **이 배 두 개에 얼마예요 ?**
　 i　pae　tu　gae.e　eol.ma.ye.yo

「2 個」就是**두 개**（tu.gae）。固有數字的**둘**（tul）「2」，後面加上量詞（gae）「～個」的時候，ㄹ的收尾音會脫落。

固有數字中，若 1 ＝**하나**（ha.na）、2 ＝**둘**（tul）、3 ＝**셋**（set）、4 ＝**넷**（net）、20 ＝**스물**（seu.mul）後面加上「～歲」、「～點」、「～個」、「～杯」之類的量詞時，會改寫成以下的寫法。

【例】1 歲：**한 살**　2 歲：**두 살**　3 歲：**세 살**　4 歲：**네 살**
　　　han.sal　　tu.sal　　se.sal　　ne.sal
　　20 歲：**스무 살**
　　　seu.mu.sal

在這一類的句子中，助詞經常會被省略。

請給我咖啡

커피 주세요.

kkeo.ppi   ju.se.o

要求取物或購物時使用。**주세요**（chu.se.yo）「請給」，就是「給」**주다** （chu.da）的禮貌表達句。和前面單字一起連句發音，**주**會濁音化唸「ju」， 若前面單字末字以「k」、「t」、「p」為尾音，則發比濁音化更重的音「jju」。

請給我咖啡。	咖啡 **커피** kkeo.ppi	
請給我那個。	那個 **그거** keu.geo	請給我 **주세요.** ju.se.yo
麻煩請給我水。	水 麻煩一下 **물 좀** ※ mul jom	

※ 和**좀**（chom）「稍微」一起使用時，命令語氣會變得更柔和，有「麻煩一下」之意，讓對方感覺較受尊敬。

● **應用表達**
更禮貌的表達方式，可用**주시겠어요?**（chu.si.ge.sseo.yo）「可以麻煩請您～好嗎?」。
• 「可以麻煩請您給我咖啡嗎?」**커피 주시겠어요?**（kkeo.ppi-ju.si.ge.sseo.yo）

重 要 句 型 — **14**

詢問對方意見的表達「怎麼樣？」

Track23

柚子茶怎麼樣？
유자차는 어때요？

yu.ja.cha.neun   eo.ddae.yo

在想要詢問的事物後面加上어때요？（eo.ddae.yo）「怎麼樣呢？」，就成為詢問對方的意見或感想的句型。表示輔助助詞的는／은（neun/eun）有時也可以省略。

柚子茶怎麼樣？	柚子茶 助詞 **유자차는** yu.ja.cha.neun	
明天怎麼樣？	明天 助詞 **내일은** nae.i.leun	怎麼樣 **어때요？** eo.ddae.yo
這個怎麼樣？	這個 **이거** i.geo	

※ 對上司和長輩時，可以使用更尊敬的表達어떠세요？（eo.ddeo.se.yo）「您如何呢？」（－（으）세요的用法→ P.72）

● **換個單字說說看**

• 「烤肉怎麼樣？」　　불고기는 어때요？（pul.go.gi.neun-eo.ddae.yo）
• 「啤酒怎麼樣？」　　맥주는 어때요？（maek.jju.neun-eo.ddae.yo）

Track24

詢問具體內容的表達「什麼的～？」

是什麼書？
무슨 책이에요？
mu.seun　　chae.gi.e.yo

什麼書、什麼料理、發生什麼事情等，想詢問該內容時，使用具有「是什麼」意思的무슨（mu.seun）。在詢問星期幾時，也能夠使用（→P.147）

是什麼書？		書　是呢
		책이에요？ chae.gi.e.yo

是什麼料理？	什麼的 **무슨** mu.seun	料理　是呢
		요리예요？ ※nyo.li.ye.yo

是什麼顏色？		顏色　是呢
		색이에요？ sae.gi.e.yo

※ 發音注意：在무슨（mu.seun）的後面，連接야（ya）→（nya）、여（yeo）→（nyeo）、요（yo）→（nyo）、유（yu）→（nyu）、이（i）→（ni）時，發音要加上 n 的音來連音。

● **換個單字說說看**

- 「是星期幾呢？」　　　　무슨 요일이에요？（mu.seun-nyo.i.li.e.yo）
- 「（醫院科別）是什麼科呢？」　무슨 과예요？（mu.seun-gwa.ye.yo）

重 要 句 型 — **16**

Track25

禮貌詢問姓名和年齡的表達

請問貴姓大名？

성함이 어떻게 되세요？

seong.ha.mi　　eo.ddeo.kke　　toe.se.yo

對初次見面的上司、長輩，詢問姓名和年齡的表達。使用**어떻게**（eo. ddeo.kke）「如何」、**되세요？**（toe.se.yo）「成為」來提問，是非常有禮貌而委婉的詢問句型。

請問貴姓大名？	姓名 助詞 **성함이**※ seong.ha.mi	如何 成為 **어떻게 되세요？** eo.ddeo.kke　toe.se.yo
請問您貴庚？	年紀 助詞 **연세가**※ yeon.se.ga	
請問您住哪裡？	地址 助詞 **주소가** chu.so.ga	

※ 성함（seong.ham）是「名字」이름（i.leum）的敬語，연세（yeon.se）是「年齡」나이（na.i）的尊敬表達。

● **換個單字說說看**

• 「請問您有哪些兄弟姊妹？」　　형제가 어떻게 되세요？（hyeong.je.ga-eo.ddeo.kke-toe.se.yo）
• 「請問您興趣為何？」　　취미가 어떻게 되세요？（chwi.mi.ga-eo.ddeo.kke-toe.se.yo）

1 請依據底線的意思，完成句子。

①請給我這個。

이거 □□□ .

②請給我收據

영수증 □□□ .

③學韓文（한국말）怎麼樣？

한국말 공부는 □□□ ?

④再來一杯怎麼樣？

한 잔 더 □□□ ?

解答＆解說 ....

1 ① 이거 주세요 .　② 영수증 주세요 .
　　i.geo　　chu.se.yo　　　yeong.su.jeung　chu.se.yo

這是請求給予物品時所使用的句型，所以要填入「請給～」，也就是**주세요**（chu.se.yo）。助詞之一的「受格助詞」**를／을**（leul ／ eul）在會話裡，有時會被省略。

③ 한국말 공부는 어때요 ?　④ 한 잔 더 어때요 ?
　　han.gung.mal kong.bu.neun eo.ddae.yo　　　han.jan　teo　eo.ddae.yo

詢問對方的意見，或詢問對方的意向時，所使用的「怎麼樣？」的句型，韓文是**어때요**？（eo.ddae.yo）。

2 請依據中文意思，完成句子。

①今天星期幾？

오늘은 ☐☐ 요일이에요 ?

②是什麼電影（영화）？

☐☐ 영화예요 ?

③請問貴姓大名？

성함이 ☐☐☐☐☐ ?

④請問您從事哪一行？

직업이 ☐☐☐☐ ?

解答 & 解說 ·····

2 ① 오늘은 무슨 요일이에요 ?　② 무슨 영화예요 ?
　　o.neu.leun　mu.seun　nyo.i.li.e.yo　　　　mu.seun　nyeong.hwa.ye.yo

使用「무슨＋名詞（想詢問的內容）」的句型，進行詳細的確認。而무슨 요일（mu.seun-nyo.il）「星期幾」要視為一個單字來背誦。

③ 성함이 어떻게 되세요 ?
　seong.ha.mi　eo.ddeo.kke　toe.se.yo

詢問對方姓名時的禮貌表達。雖然也有「你叫什麼名字？」이름이 뭐예요？（i.leu.mi-mwo.ye.yo）的說法，但是對上司、長輩說話時，要使用前者的句型較為禮貌。

④ 직업이 어떻게 되세요 ?
　chi.geo.bi　eo.ddeo.kke　toe.se.yo

使用직업이 뭐예요？（chi.geo.bi-mwo.ye.yo）「你職業是什麼？」會給對方比較魯莽的感受。以及，韓語當中，並沒有「貴職業」的單字，所以最好使用禮貌的詢問句型어떻게 되세요？（eo.ddeo.kke-toe.se.yo）。

重要句型—**17**

禮貌而溫和的語尾句型「非正式尊敬語尾」①

天氣很好。
날씨가 좋아요.
nal.ssi.ga   cho.a.yo

一**아요**（a.yo）經常使用於會話裡，「非正式尊敬語尾」是有禮貌而溫和的語尾句型，叫做**해요**（hae.yo）體。語幹末的母音，如果是陽性母音（ㅏ,ㅗ），後面要加上—**아요**（P.126、P.127）。

天氣很好。	天氣 助詞 很好
	날씨가 좋아요.
	nal.ssi.ga cho.a.yo

原型 「很好」좋다（cho.tta）→ 좋 + -아요

獲得禮物。	禮物 助詞 獲得
	선물을 받아요.
	seon.mu.leul pa.da.yo

原型 「獲得」받다（pat.dda）→ 받 + -아요

住在東京。	東京 在 居住
	도쿄에 살아요.
	to.kkyo.e sa.la.yo

原型 「居住」살다（sal.da）→ 살 + -아요

● **換個單字說說看**

- 「知道、認識。」   原型 「知道」알다（al.da）   알아요.（a.la.yo）
- 「多。」   原型 「多」많다（man.tta）   많아요.（ma.na.yo）

Track26

重要句型 — 18

Track27

禮貌而溫和的語尾句型「非正式尊敬語尾」②

吃早餐。
아침을 먹어요.
a.chi.meul　　　meo.geo.yo

－어요（eo.yo）和**重要句型17**一樣，是有禮貌而溫和的**해요**（hae.yo）體語尾句型，而當語幹末的母音為陰性母音（除 ㅏ, ㅗ 之外）時，要在語幹後加上－**어요**（ P.126、P.127 ）。

吃早餐。

<u>早餐</u> <u>助詞</u>　<u>吃</u>
아침을 먹어요.
a.chi.meul　　　meo.geo.yo

原型「吃」먹다（meok.dda）→ 먹 + -어요

....

穿衣服。

<u>衣服</u> <u>助詞</u>　<u>穿</u>
옷을 입어요.
o.seul　　　i.beo.yo

原型「穿」입다（ip.dda）→ 입 + -어요

....

討厭。

<u>　討厭　</u>
싫어요.
sil.ro.yo

原型「討厭」싫다（sil.tta）→ 싫 + -어요

● **換個單字說說看**

- 「閱讀。」　**原型**「閱讀」읽다（ik.dda）　읽어요.（il.geo.yo）
- 「遙遠。」　**原型**「遠」멀다（meol.da）　멀어요.（meo.leo.yo）

超基礎文法

30種重要表達

韓國生活實境會話

文法&實用知識

MP3收錄內容列表

해요體 · 母音的縮寫形態

去韓國。

한국에 가요.
han.gu.ge　　　ka.yo

　　－아요（a.yo）和－어요（eo.yo）是禮貌而溫和的語尾表達**해요**（hae.yo） 體的一種，當原型的語幹末為特定母音時，語尾會省略或被合併，成為縮寫形態。

去韓國。	韓國 往 去 **한국에 가요.** han.gu.ge　　ka.yo	가 + - 아요 ↓ 가아요　× 가요　　○
原型 「去」가다（ka.da）		- 아被省略
停在明洞。	明洞 在 停 **명동에 서요.** myeong.dong.e-seo.yo	서 + - 어요 ↓ 서어요　× 서요　　○
原型 「停」서다（seo.da）		- 어被省略
朋友來。	朋友 助詞 來 **친구가 와요.** chin.gu.ga　　wa.yo	오 + - 아요 ↓ 오아요　× 와요　　○
原型 「來」오다（o.da）		오和－아合併

● **應用表達**

　　根據**해요**體的前後語意，可以作為敘述句「發生～事情」、疑問句「～嗎?」、勸誘句「～吧」、命令句「去做～!」等意思。

　　「一起走吧。」같이 가요 .（ka.chi-ka.yo）

重要句型—**20**

Track29

以하다結尾的해요體「漢字＋動詞／形容詞」

學習。

공부해요.
kong.bu.hae.yo

「學習」공부해요（kong.bu.hae.yo）就是「學習」공부하다（kong.bu.ha.da）的해요體，以하다作結的動詞或形容詞，即여（yeo）的變化語尾（→P.129）。

學習。	學習 **공부** kong.bu	
原型「學習」공부하다（kong.bu.ha.da）		
減肥。	減肥 **다이어트** ta.i.eo.tteu	做／進行 **해요.** hae.yo
原型「減肥」다이어트 하다（ta.i.eo.tteu-ha.da）		
需要。	需要 **필요** ppi.lyo	
原型「需要」필요하다（ppi.lyo.ha.da）		

● **換個單字說說看**

- 「連絡。」　　原型「連絡」연락하다（yeol.la.kka.da）　　연락해요.（yeol.la.kkae.yo）
- 「用餐。」　　原型「用餐」식사하다（sik.ssa.ha.da）　　식사해요.（sik.ssa.hae.yo）

1 請以禮貌而溫和的語尾句型，完成下面的句子吧。

①你<u>住</u>在哪裡？ 原型 「居住」살다（sal.da）

어디 □ □ □ ？

住在東京（도쿄）。

도쿄에 □ □ □ .

②離車站<u>遠</u>嗎？ 原型 「遠」멀다（meol.da）

역에서 □ □ □ ？

是，<u>很遠</u>。

네 , □ □ □ .

解答＆解說 ....

1 ① 어디 살 아 요 ？ 　　도쿄에 살 아 요 .
　　eo.di　sa.la.yo　　　to.kkyo.e　sa.la.yo

「居住」살다（sal.da）的語幹為살，其語幹末的母音ㅏ（a）為陽性母音，所以要連接－아요（a.yo），成為살아요（sa.la.yo）。語末上接上「？」時，就是疑問句，接上「.」時，就是肯定句。就像此例句一樣，**해요**體也能表示「現在進行式」的時態狀態。

② 역에서 멀 어 요 ？ 　　④ 네 , 멀 어 요 .
　　yeo.ge.seo　meo.leo.yo　　　ne　meo.leo.yo

멀다（meol.da）的語幹為멀，其語幹末的母音ㅓ（eo）為陰性母音，所以要連接－어요（eo.yo），成為멀어요（meo.leo.yo）。語末上接上「？」時，就是疑問句，接上「.」時，就是肯定句。

② 請依據中文的意思，完成句子。

① 在百貨公司（백화점）**見面**。 　　原型　「見面」만나다（man.na.da）

백화점에서 ☐☐☐ .

② **學習韓語**（한국말）。 　　原型　學習 배우다（pae.u.da）

한국말을 ☐☐☐ .

③ **連絡**。 　　原型　「連絡」연락하다（yeol.la.kka.da）

연락 ☐☐ .

解答&解說

② ① 백화점에서 만 나 요 .
　　 pae.kkwa.jeo.me.seo　man.na.yo

「見面」的原型為만나다（man.na.da），其語幹末的母音ㅏ（a）為陽性母音，原本應該要連接−아요（a.yo），但是−아요的「아」和만나的「나」是相同的母音，所以會省略，成為만나요（man.na.yo）。根據說話方式和場合，有時也可能是「（我們）來見面吧」的意思。

② 한국말을 배 워 요 .
　　 han.gung.ma.leul　pae.wo.yo

「學習」的原型為배우다（pae.u.da），其語幹末的母音ㅜ為陰性母音，原本應該要連接−어요，但是배우的우和−어요的어會結合成為雙母音ㅝ，成為배워요（pae.wo.yo）。

③ 연락 해 요 .
　　 yeol.la.kkae.yo

「連絡」的原型，是「漢字열락（yeol.lak）＋動詞하다（ha.da）」，屬於여的變則用言，成為연락해요（yeol.la.kkae.yo）。

Track30

表達願望的句型 ① 「想要～」

我想看話劇。

연극 보고 싶어요.

yeon.geuk　po.go　si.ppeo.yo

意思是「想要做～事情」，表示希望及願望的表達。在用言語幹的後面，連接 **-고 싶어요**（go-si.ppeo.yo）。**-고**（go）的發音，有時會隨著前面的發音而變化。

我想看話劇。	話劇　看 **연극 보고** yeon.geuk　po.go	
	原型 「看」보다（po.da）→보+ -고	
我想搭地鐵。	地鐵　搭 **지하철 타고** chi.ha.cheol　tta.go	想要 **싶어요.** si.ppeo.yo
	原型 「搭」타다（tta.da）→타+ -고	
我想吃排骨。	排骨　吃 **갈비 먹고** kal.bi　meo.ggo	

原型 「吃」먹다（meok.dda）→먹+ -고
※ 韓國的排骨**갈비**（kal.bi）一般就是指帶骨的肉。

● **換個單字說說看**
- 「想回去。」 原型 「回去」돌아가다（to.la.ga.da）　돌아가고 싶어요.（to.la.ga.go-si.ppeo.yo）
- 「想休息」 原型 「休息」쉬다（swi.da）　쉬고 싶어요.（swi.go-si.ppeo.yo）

重 要 句 型 — **22**

Track31

表達願望的句型 ② 「想要做～事情（說明情況）」

想去明洞。
명동에 가고 싶은데요.
myeong.dong.e　ka.go　si.ppeun.de.yo

和**重要句型 21**的－고 싶어요（go-si.ppeo.yo）一樣，表示希望及願望。將語尾加上「想要做～事情（說明情況）」的－고 싶은데요（go-si.ppeun.de.yo）使語氣更委婉，也是較有禮貌的表達。

想去明洞。	明洞 朝 去 **명동에 가고** myeong.done.e ka.go

原型 「去」가다（ka.da）→가 + -고

想喝咖啡。	咖啡 喝 **커피 마시고** kkeo.ppi ma.si.go

原型 「喝」마시다（ma.si.da）→마시 + -고

想吃紫菜飯卷。	紫菜飯卷 吃 **김밥 먹고** gim.bap-meo.ggo

原型 「吃」먹다（meok.dda）→먹 + -고

想要做～（說明情況）
싶은데요 .
si.ppeun.de.yo

● **換個單字說說看**

• 「想買人蔘。」 原型 「買」사다（sa.da）
인삼 사고 싶은데요 .（in.sam-sa.go-si.ppeun.de.yo）

超基礎文法

30 種重要表達

韓國生活實境會話

文法 & 實用知識

MP3 收錄內容列表

表示否定的表達① 「不～／沒～」

不去。(沒去。)
안 가요.
an　　ga.yo

在動詞或形容詞的前面加上**안**(an)，可表示「不～／沒～」的否定句。下一個**重要句型-24**，雖然也是否定的表達，但**안**較為口語，也更常使用在會話當中。發音時，**안**和後面的動詞或形容詞，要接續一起唸過去。

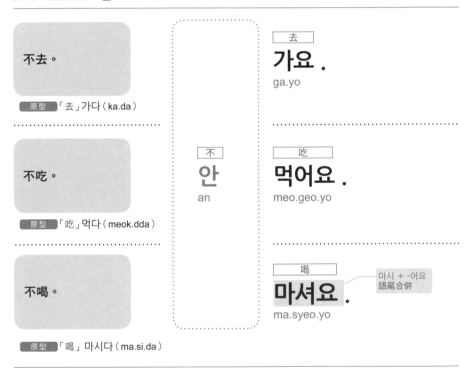

不去。		去 **가요** . ga.yo
原型 「去」 가다 (ka.da)		
不吃。	不 **안** an	吃 **먹어요** . meo.geo.yo
原型 「吃」 먹다 (meok.dda)		
不喝。		喝 **마셔요** . ma.syeo.yo
原型 「喝」 마시다 (ma.si.da)		

마시 + -어요
語尾合併

● **應用表達**
　　如「用餐」식사하다 (sik.ssa.ha.da) 這類漢字名詞＋하다所結合的動詞，加否定句時，要在하다前面加上안。
•「沒用餐。」식사 안 해요 . (sik.ssa-an-hae.yo)

重要句型 — 24

表示否定的表達② 「不～／沒～」

Track33

沒忘記。(不忘記。)

잊지 않아요.

it.jji　　　　　　a.na.yo

否定句「不～／沒～」－지 않아요（ji-a.na.yo），無論在文章還是會話中，都能夠使用，**是加在動詞、形容詞、存在詞的語幹後面。**－지 않아요的基本形是－**지 않다**（ji-an.tta），表示「不～／沒～」。

沒忘記。	忘記 **잊지** it.jji	
	原型 「忘記」잊다（it.dda）	

今天不出門。	今天 助詞　 出去 **오늘은 나가지** o.neu.leun　　na.ga.ji	不～／沒～ **않아요 .** a.na.yo
	原型 「出去」나가다（na.ga.da）	

不遠。	遠 **멀지** meol.ji
	原型 「遠」멀다（meol.da）

● 換個單字說說看

- 「不停留。」　原型 「停留」서다（seo.da）　　서지 않아요 . (seo.ji-a.na.yo)
- 「不買。」　　原型 「買」사다（sa.da）　　사지 않아요 . (sa.ji-a.na.yo)

練習問題和解說 < 6 >

1 希望願望的句型練習。請完成句子。

①我想換這個。 原型 「換」 바꾸다（pa.ggu.da）

이거 바꾸 ☐ ☐ ☐ ☐ .

②我想詢問一下。 原型 「詢問」 여쭤 보다（yeo.jjwo-po.da）

좀 여쭤 보 ☐ ☐ ☐ ☐ .

③我想聽最新單曲（최신곡）。 原型 「聽」 듣다（teut.dda）

최신곡을 ☐ ☐ 싶은데요 .

解答 & 解說 ....

1 ① 이거 바꾸고 싶어요 .
   i.geo pa.ggu.go si.ppeo.yo

表示希望的「想要～」，要在語幹後面連接－고 싶어요（go-si.ppeo.yo）。
「換」바꾸다（pa.ggu.da）的語幹為바꾸。

② 좀 여쭤 보고 싶은데요 .
  chom yeo.jjwo po.go si.ppeun.de.yo

「想要做～事情（說明情況）」為委婉傳達希望，在語幹後面連接－고 싶은
데요（go-si.ppeun.de.yo）。「詢問」여쭤 보다（yeo.jjwo-po.da）的語幹為여쭤
보。

③ 최신곡을 듣고 싶은데요 .
  choe.sin.go.geul teut.ggo si.ppeun.de.yo

這句也是「想要做～事情（說明情況）」的表達。「聽」듣다（teut.dda）的
語幹為듣。

超基礎文法

30種重要表達

韓國生活實境會話

文法＆實用知識

MP3收錄內容列表

2 在□中填入適當的字，完成否定句。

①不搭車。 原型 「搭」타다（tta.da）

□ 타요 .

타 □ □ □ .

②不做。 原型 「製作」만들다（man.deul.da）

□ 만들어요 .

만들 □ □ □ .

③沒下。 原型 「下」내리다（nae.li.da）

□ 내려요 .

내리 □ □ □ .

解答＆解說 ‥‥‥‥‥‥‥‥‥‥‥‥‥‥‥‥‥‥‥‥‥‥‥‥‥‥‥‥‥‥‥‥‥‥‥

2 ① 안 타요 . 타지 않아요 .
　　an tta.yo   tta.ji a.na.yo

② 안 만들어요 . 만들지 않아요 .
　　an man.deu.leo.yo   man.deul.ji a.na.yo

③ 안 내려요   내리지 않아요 .
　　an nae.lyeo.yo   nae.li.ji a.na.yo

　　2 種否定形的造句練習。第一種是在動詞和形容詞的前面，加入**안**（an），
第二種是在語幹後面連接－**지 않아요**（ji-a.na.yo）。

尊敬的語尾表達

您一向很美。
항상 예쁘세요.
hang.sang　　ye.bbeu.se.yo

在「美麗」**예쁘다**（ye.bbeu.da）的語幹**예쁘**後面，連接表示尊敬的語尾 — **세요**（se.yo），成為敬語**예쁘세요**（ye.bbeu.se.yo）。語幹末的收尾音，除了ㄹ以外的子音，都要連接 — **으세요**（eu.se.yo）（ **P.126**、**P127**）。

您一向很美。

一向	美麗

항상 예쁘세요 .
hang.sang　ye.bbeu.se.yo

語幹以母音結尾

原型「美麗」**예쁘**다（ye.bbeu.da）→　예쁘 + -세요

....

您有時間嗎？

時間	助詞	有嗎

시간이 있으세요 ?
si.ga.ni　　　i.sseu.se.yo

語幹末以子音結尾

原型「有」**있**다（it.dda）　있 →　+ -으세요?

....

您知道出發時間嗎？

出發	時間	知道嗎

출발 시간 아세요 ?
chul.bal　si.gan　a.se.yo

語幹末ㄹ脫落

原型「知道」**알**다（al.da）　→　아（ㄹ脫落）+ -세요（ㄹ語幹用語 →P.130）

● **換個單字說說看**

• 「您何時出發？」　**原型**「出發」**떠나**다（ddeo.na.da）
　　　　　　언제 떠나세요 ?（eon.je-ddeo.na.se.yo）

重要句型 — 26

委託的表達「麻煩請～」

Track35

麻煩請關窗戶。
창문 닫아 주세요.
chang.mun ta.da chu.se.yo

　　「麻煩請～」為尊敬的委託表達。**動詞的語幹如果是陽性母音，要使用－아 주세요（a-chu.se.yo），如果是陰性母音，則要使用－어 주세요（eo.chu.se.yo）**（→P.126）。

麻煩請關窗戶。	<u>窗戶</u> <u>關</u> **창문 닫아** chang.mun ta.da	
原型 「關」닫다（tat.dda）→ 닫 + -아		

麻煩請幫我 寫在這裡。	<u>這裡</u> <u>寫</u> **여기 적어** yeo.gi cheo.geo	<u>麻煩請～</u> **주세요**. chu.se.yo
原型 「寫」적다（cheok.dda）→ 적 + -어		

麻煩開往機場。	<u>機場</u> <u>朝</u> <u>去</u> **공항으로 가** kong.hang.eu.lo ka	
原型 「去」가다（ka.da）→ 가 + -아 → 가（連接時省略－아）		

● 換個單字說說看

・「麻煩請停車。」　原型 「停車」세우다（se.u.da）
　　　　　　　　세워 주세요.（se.wo-chu.se.yo）

表示可能的句型「可以～／會～」

會開車。

운전할 수 있어요.

un.jeon　　hal　　su　　i.sseo.yo

　　表示「可以～／會～」，即可能的意思。語幹末為母音，或收尾音為ㄹ時，連接－ㄹ 수 있어요（l-su-i.sseo.yo），語幹末為子音時，則連接－을 수 있어요（eul-su-i.sseo.yo）。

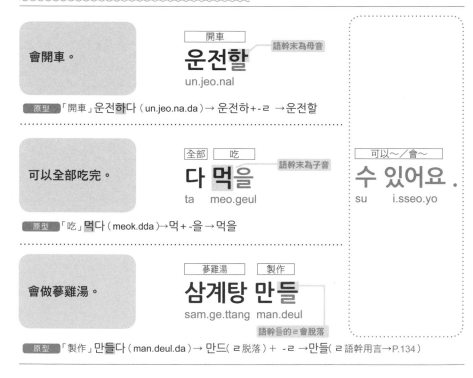

會開車。

　開車
운전할　← 語幹末為母音
un.jeo.nal

原型　「開車」운전하다（un.jeo.na.da）→ 운전하+-ㄹ →운전할

可以全部吃完。

　全部　　吃
다 먹을　← 語幹末為子音
ta　meo.geul

原型　「吃」먹다（meok.dda）→먹+-을→먹을

會做蔘雞湯。

　蔘雞湯　　製作
삼계탕 만들
sam.ge.ttang man.deul
← 語幹들的ㄹ會脫落

原型　「製作」만들다（man.deul.da）→ 만드（ㄹ脱落）+ -ㄹ →만들（ㄹ語幹用言→P.134）

　可以～／會～
수 있어요.
su　　i.sseo.yo

● **換個單字說說看**

•「可以預約嗎？」　原型　「預約」예약하다（ye.ya.kka.da）→ 예약하 + -ㄹ → 예약할

예약할 수 있어요？（ye.ya.kkal-su-i.sseo.yo）

重 要 句 型 ─ **28**

Track37

表達不可能的句型「不可以～／不會～」

不會開車。
운전할 수 없어요 .
un.jeo.nal　　su　　eop.sseo.yo

　　將**重要句型27**中－ㄹ／을 수 있어요（l／eul-su-i.sseo.yo）的語尾 있어요（i.sseo.yo）更換為**없어요**（eop.sseo.yo），就成為「不可以～／不會～」的不可能句型。

不會開車。	開車 **운전할** un.jeo.nal　語幹末為母音	

原型 「開車」운전하다（un.jeo.na.da）→ 운전하 + -ㄹ →운전할

		不能
不能吃這個。	這個　吃 **이건 먹을** i.geon　meo.geul　語幹末為子音	**수 없어요 .** su　eop.sseo.yo

原型 「吃」먹다（meok.dda）→먹+ -을→먹을

窗戶打不開。	窗戶 助詞 開 **창문은 열** chang.mu.neun yeol 語幹열的ㄹ會脫落

原型 「開」열다（yeol.da）→여（ㄹ脫落）+ -ㄹ→열（ㄹ語幹用言→P.130）

● **換個單字說說看**

• 不能進去這裡。　原型 「進去」들어가다（teu.leo.ga.da）→ 들어가 + -ㄹ → 들어갈
　　　　　　　　여기에는 들어갈 수 없어요 .（yeo.gi.e.neun-teu.leo.gal-su-eop.sseo.yo）

重要句型 — **29**

徵求許可的表達「可以做～嗎？」

Track38

可以坐這裡嗎？

여기 앉아도 돼요 ?

yeo.gi　　　　　an.ja.do　　　　twae.yo

「可以做～嗎？」為徵求許可的表達。**用言的語幹末如果是陽性母音，要使用－아도 돼요？（a.do-twae.yo），如果是陰性母音，則使用－어도 돼요？（eo.do-twae.yo）。**

可以坐這裡嗎？	這裡　坐　也 **여기 앉**아도 yeo.gi　an.ja.do 語幹末為陽性母音	
原型　「坐」앉다（an.da）→ 앉+ -아도		可以嗎 **돼요 ?** twae.yo
可以吃這個嗎？	這個　吃　也 **이거 먹**어도 i-geo　meo.geo.do 語幹末為陰性母音	
原型　「吃」먹다（meok.ddq）→ 먹+ -어도		
明天可以打電話嗎？	明日　打電話　也 **내일 전화해**도 nae.il　cheo.nwa.hae.do	

原型　「打電話」전화하다（cheo.nwa.ha.da）→ 전화하+ -여도→ 해도（여的變則用言→P.129）

※將句末變成韓文句號「.」時，則成為「可以做～。」的許可表達。

● **換個單字說說看**

•「可以<u>用電腦</u>嗎？」 PC <u>써</u>도 돼요 ?（ppi.si.sseo.do-twae.yo）

原型　「使用」쓰다（sseu.da）→ 쓰 + - 어도 → 써도（으 的變則用言→ **P.132**）

重要句型－**30**

Track39

表達試一試的心情「試著做～看看」

我試著搭計程車過去看看。

택시로 가 보겠어요 .

ttaek.ssi.lo　　　ka　　　po.ge.sseo.yo

「試著做～看看」表示嘗試去做某件事情。**아／어 보다**（a／eo-po.da）代表「做看看」的意思，和**－겠**（get）結合之後，成為**-아／어 보겠어요**（a／eo-po.ge.sseo.yo），意即「要試著做～看看」。

我試著搭計程車過去。

|用計程車| |去|

택시로 가
ttaek.ssi.lo　　　ka

原型「去」가다（ka.da）→가＋ -아 →가（-아省略）

我試著穿韓服看看。

|韓服| |助詞 穿|

한복을 입어
han.bo.geul　　i.beo

|看看|

보겠어요 .
po.ge.sseo.yo

原型「穿」입다（ip.dda）→입＋ -어

我嘗試獨自旅行。

|個人| |旅行| |做|

개인 여행 해
kae.in　nyeo.haeng　hae

原型「做」하다（ha.da）→하＋ -여→해

※ 發音注意：和第 56 頁一樣，這裡 n 的發音會連接到後面一起發音，所以**여행**要發音為**녀행**（nyeo.haeng）

● 應用表達

• 「我試著做泡菜。」 <u>김치를 만들어</u> 보겠어요 .（kim.chi.leul.man.deu.leo.po.ge.sseo.yo）

　• 原型「做」만들다（man.deul.da）→ 만들 ＋ -어

練習問題和解說 < 7 >

1 在□中填入適當的字，完成句子。

① 您要什麼（뭘로）？　　 原型 　「做」하다（ha.da）

뭘로 하 □□ ?

② 您要坐嗎？　　 原型 　「坐」앉다（an.da）

앉 □□□ ?

③ 請幫我拍照（사진）。　　 原型 　「照」찍다（jjik.dda）

사진 □□ 주세요.

④ 請告訴我貴姓大名（성함）。　　 原型 　「教」가르치다（ka.leu.chi.da）

성함 가르쳐 □□□ .

解答 & 解說 ·······························

1 ① 뭘로 하 세 요 ?　　　　② 앉 으 세 요 ?
　　 mwo.lo　ha.se.yo　　　　　　　an.jeu.se.yo

①「您要什麼？」當中，在하다（ha.da）的語幹末하後面，連接─세요？②「您要坐嗎？」當中，在「坐」앉다（an.da）的語幹末앉後面，連接─ 세요？而且因為連音化的關係，會發「안즈세요」的音。

③ 사진 찍 어 주세요.　　　④ 성함 가르쳐 주 세 요 .
　 sa.jin　jji.geo　chu.se.yo　　　seong.ham　ka.leu.chyeo　chu.se.yo

③「請幫我拍照。」當中，「照」찍다（jjik.dda）的語幹末찍是陰性母音，所以要連接─어 주세요（eo-chu.se.yo）。④「請告訴我貴姓大名」當中，在「教」가르치다（ka.leu.chi.da）的語幹末가르치後面，連接─어 주세요.（eo-chu.se.yo）。這個時候，가르치和─어的母音會有合併現象，變成가르쳐。

超基礎文法

30種重要表達

韓國生活實境會話

文法＆實用知識

MP3收錄內容列表

2 請根據中文意思，完成句子。

①會說日文嗎？　 原型 　「說日文」일본말 하다（il.bon.mal-ha.da）

일본말 ☐ 수 있어요?

②不能進去裡面（안에）。　 原型 　「進去」들어가다（teu.leo.ga.da）

안에 들어갈 ☐☐☐☐.

③可以坐這裡（여기에）嗎？　 原型 　「坐」앉다（an.da）

여기에 ☐☐ 수 있어요?

解答＆解說 ‥‥

2 ① **일본말 할 수 있어요?**
　　il.bon.mal　hal　su　i.sseo.yo

　　「可以說嗎？」當中，因為「說」하다（ha.da）的語幹末하是以母音作結，所以連接－ㄹ 수 있어요?（l-su-i.sseo.yo）

② **안에 들어갈 수 없어요.**
　　a.ne　teu.leo.gal　su　eop.sseo.yo

　　「進去」들어가다的語幹末들어가（teu.leo.ga）是以母音作結，所以連接－ㄹ 수 없어요（l-su-eop.sseo.yo），表示「不可以」。

③ **여기에 앉 을 수 있어요?**
　　yeo.gi.e　an.jeul　su　i.sseo.yo

　　「坐」앉다（an.da）的語幹末앉是子音作結，所以連接－을 수 있어요（eul-su-i.sseo.yo）。但請注意發音的連音變化。

3 請根據中文意思，完成句子。

①可以抽菸（담배）嗎？　　原型　「抽」피우다（ppi.u.da）

담배를 □□□ 돼요?

② 可以拍照（사진）嗎？　　原型　「照」찍다（jjik.dda）

사진 좀 □□□□?

③我要嚐嚐看人蔘雞（삼계）。　　原型　「吃」먹다（meok.dda）

삼계탕을 먹어 □□□□.

解答&解說

3 ① 담배를 피 워 도 돼요?
　　tam.bae.leul　ppi.wo.do　twae.yo

「可以抽菸嗎？」當中，「抽」피우다（ppi.wu.da）的語幹末피우（ppi.u）是以陰性母音作結，所以要連接－어도 돼요?（eo.do-twae.yo），但是這個情況中，피우（ppi.u）的우（u）要和어도（eo.do）的어（eo）結合，成為피워도（ppi.wo.do）。

② 사진 좀 찍 어 도 돼요 ?
　　sa.jin　jom　jji.geo.do　twae.yo

「可以拍照嗎？」當中，「照」찍다（jjik.dda）的語幹末찍是以陰性母音作結，所以要連接－어도 돼요?（eo.do-twae.yo）。

③ 삼계탕을 먹어 보 겠 어 요 .
　　sam.ge.ttang.eul　meo.geo　po.ge.sseo.yo

「嚐嚐看」當中，「吃」먹다（meok.dda）的語幹末먹（meok）是陰性母音，所以먹的後面要連接－어 보겠어요（eo-po.ge.sseo.yo）。

PART 3

韓國
生活實境會話

主角冬木舞和負責介紹的金準基
一起展開韓國市區觀光，同時也
挑戰較遠的地方都市。小舞在旅
行的過程中，親身體驗到充滿臨
場感的慣用語和單字。

Scene1

抵達機場

공항 도착

kong.hang-to.chak

這次旅行的主角小舞來到了韓國。最先使用韓語的機會就是機場。從別人那裡獲得場所資訊時，千萬不要忘了向對方說一聲「謝謝」。

① 請問哪裡可以換錢？

那個	換錢	助詞	哪裡	在	做呢

저… 환전은 어디서 하죠 ?

cheo　hwan.jeo.neun　eo.di.seo　ha.jyo

語尾的 - 죠？是比較柔和的詢問表現。

② 在那裡可以。

那裡	在	可以做

저기서 할 수 있어요 .

cheo.gi.seo　hal　su　i.sseo.yo

③ 謝謝。

謝謝

고맙습니다 .

ko.map.sseum.ni.da

表示感謝的心情，大多使用現在式表示。

⑧ 包包	⑨ 行李	⑩ 行李領取證	⑪ 手推車	⑫ 轉乘	⑬ 租用手機
가방	짐	짐표	카트	환승	휴대폰 렌탈
ka.bang	chim	chim.ppyo	kka.tteu	hwan.seung	hu.dae.ppon-len.ttal

④ 歡迎光臨。
| 趕快 | 請進 |
어서 오세요 .
eo.seo　o.se.yo

⑤ 要為您換多少錢？
| 多少錢 | 換 | 為您 |
얼마나 바꿔 드릴까요 ?
eol.ma.na　pa.ggwo　teu.lil.ggal.yo

⑥ 請幫我換兩萬元。
| 2 萬日元 | 換 | 請幫我 |
2 만엔 바꿔 주세요 .
i.ma.nen　pa.ggwo　chu.se.yo

⑦ 好，在這裡。
| 好 | 這裡 | 在 |
네 , 여기 있습니다 .
ne　yeo.gi　it.sseum.ni.da

은행 Currency Exchange 환전·両替·換錢

EXCHANGE RATES

⑭ 公共電話
공중전화
kong.jung.jeo.nwa

⑮ 觀光詢問處
관광안내소
kwan.gwang.an.nae.so

⑯ 吸菸區
흡연 장소
heu.byeon chang.so

⑰ 大型豪華巴士
리무진 버스
li.mu.jin　peo.seu

◆「日本航空」일본항공（il.bo.nang.kong）、「全日空」전일공（cheo.nil.gong）、「大韓航空」대한항공（tae.ha.nang.gong）、「韓亞航空」아시아나항공（a.si.a.na.hang.gong）

見面
만남
man.nam

透過朋友認識的金準基來到了機場迎接小舞。並使用初次見面的問候語做簡單的自我介紹。

① 你好嗎？

| 你好嗎 |

안녕하세요 ?
an.nyeong.ha.se.yo

② 請問是金準基先生嗎？

| 金準基 | 先生 | 請問是嗎 |

김준기 씨세요 ?
kim.jun.gi　　ssi.se.yo

③ 是，您好嗎？

| 是 | 您好嗎 |

네 . 안녕하십니까 ?
ne　　an.nyeong.ha.sim.ni.gga

④ 我是金準基。

| 金準基 | 是 |

김준기입니다 .
kim.jun.gi.im.ni.da

其它初次見面的問候

比課文例句中所介紹的慣用語更禮貌。經常使用在重視禮貌且正式的場合裡。

初次見到您。

| 初次 | 拜見 |

처음 뵙겠습니다 .
cheo.eum poep.gget.sseum.ni.da

我叫做高橋。

| 我 | 助詞 | 高橋 | 叫做 |

저 는 다카하시라고 합니다 .
cheo.neun ta.kka.ha.si　　la.go　　ham.ni.da

超
基
礎
文
法

30
種
重
要
表
達

韓
國
生
活
實
境
會
話

文
法
&
實
用
知
識

MP3
收
錄
內
容
列
表

⑤ 我是冬木舞。很高興見到你。

冬木	舞	是	（見到你）很高興

후유키 마이예요 . 반갑습니다 .
hu.yu.kki　　　ma.i.ye.yo　　　pan.gap.sseum.ni.da

同樣意思的반가워요（ pan.ga.wo.yo ）也很常用。

⑥ 您來韓國真是太好了。

韓國	朝向	好好地	來

한국에 잘 오셨습니다 .
han.gu.ge　　chal　　o.syeot.sseum.ni.da

多多拜託了。

好好地	拜託	給

잘 부탁 드리겠습니다 .
chal　pu.ttak　deu.li.get.sseum.ni.da

謝謝您來接機。

迎接	出來	幫忙	感謝

마중 나와 주셔서 감사합니다 .
ma.jung　na.wa　chu.syeo.seo　kam.sa.ham.ni.da

Scene3

體驗韓國
한국을 체험하다
han.gu.geul-che.heo.ma.da

小舞來到了重現韓國傳統街道的首爾北村（북촌）。
在這裡可以體驗傳統手工藝品及泡菜的製作等。

---

① 這種房子叫做韓屋。

這樣的	房屋	助詞	韓屋	叫做

이런 집들을 한옥이라고 해요.
i.leon　chip.ddeu.leul　ha.no.gi.la.go　hae.yo

② 很好看。

很好看

멋있네요.
meo.sin.ne.yo

③ 這裡可以學習編繩結。

這裡	在	助詞	繩結	助詞	學習	可以

여기서 는 매듭 을 배울 수 있어요.
yeo.gi　seo　neun　mae.deu　beul　pae.ul　su　i.sseo.yo

---

⑦ 韓屋村
한옥 마을
ha.nong　ma.eul

⑧ 醃泡菜
김치 담그기
kim.chi　tam.geu.gi

⑨ 陶藝體驗
도예 체험
to.ye.che.heom

⑩ 傳統工藝品
전통 공예품
cheon.ttong　kong.ye.ppum

⑪ 體驗
체험하다
che.heo.ma.da

④ 小舞小姐也（試試）怎麼樣？

| 小舞 | 小姐 | 也 | 怎麼樣 |

마이 씨 도 어때요?
ma.i　ssi　do　eo.ddae.yo

⑤ 那麼我來試試看。

| 那麼 | 做 | 看看 |

그럼 해 보겠습니다.
keu.leom　hae　po.get.sseum.ni.da

해 보겠습니다「試著做看看」是比較拘謹較有禮貌的表達（→ P.77）。

⑥ 老師，那就拜託你了。

| 老師 | 好好地 | 拜託 |

선생님, 잘 부탁합니다.
seon.saeng.nim　chal　pu.tta.kkam.ni.da

⑫ 畫廊

화랑
hwa.lang

⑫ 圖畫

그림
keu.lim

⑭ 版畫

판화
ppa.nwa

⑮ 博物館

박물관
pang.mul.gwan

⑯ 美術館

미술관
mi.sul.gwan

超基礎文法

30種重要表達

韓國生活實境會話

文法 & 實用知識

MP3收錄內容列表

伴手禮
선물
seon.mul

在北村深受傳統工藝品吸引的小舞,這次來到了有許多畫廊的仁寺洞(인사동)尋找禮物。選擇色彩豐富的韓國傳統布藝飾品送給朋友是非常適合的禮物。

---

① 有包巾嗎?

包巾	有嗎

보자기 있어요 ?
po.ja.gi　　i.sseo.yo

② 請給我看那個。

那個	出示	請

저걸 보여 주세요 .
cheo.geol　po.yeo　　chu.se.yo

③ 可以摸看看嗎?

摸	看看也	可以嗎

만져 봐도 돼요 ?
man.jyeo　pwa.do　　twae.to

④ 是,沒關係。／可以。

是	沒關係	可以

네 , 괜찮아요 . / 좋아요 .
ne　kwaen.cha.na.yo　　/ cho.a.yo

「可以試吃看看嗎?」먹어 봐도 돼요?
(meo.geo-pwa.do-twae.yo)。

不可以的情況,則回答「不,不可以喔。」아뇨 , 안돼요 . (a.nyo-an-twae.yo)。

⑦ 人蔘茶	⑧ 柚子茶	⑨ 玉竹茶	⑩ 泡菜	⑪ 海苔、岩海苔
인삼차	**유자차**	**둥굴레차**	**김치**	**김 , 돌김**
in.sam.cha	yu.ja.cha	tung.gul.le.cha	kim.chi	kim　tol.kim

◆「玉竹茶」是以玉竹的參鬚沖泡的茶。聽說具有恢復疲勞、滋養、除雀斑等功效。

⑤ 這個請給我三個。多少錢？

| 這個 | 三 | 個 | 請給我 | | 多少 | 是呢 |

이걸 세 개 주세요 . 얼마예요 ?
i.geol　se　gae　chu.se.yo　　eol.ma.ye.yo

⑥ 請幫我分開包裝。

| 一個 | 每 | 包裝 | 請給我 |

하나씩 싸 주세요 .
ha.na.ssik　ssa　chu.se.yo

超基礎文法

30 種重要表達

韓國生活實境會話

文法 & 實用知識

MP3 收錄內容列表

⑫ 芝麻葉	⑬ 鑰匙圈	⑭ 化妝品	⑮ 韓紙
깻잎	**열쇠고리**	**화장품**	**한지**
ggaen.nip	yeol.soe.go.li	hwa.jang.ppum	han.ji

◆「芝麻葉」具有特別的香氣，與醬油等一起醃製。是韓國餐桌上所不可或缺的食材。

Scene5

韓國料理
한국요리
han.gu.gyo.li

Track44

在首爾市內觀光之後，肚子也開始餓了，終於要在韓國餐廳用餐囉。

韓國料理除了燒肉以外，還有許多使用蔬菜、山菜、海鮮類的營養均衡健康菜單。

① 不好意思！請給我們菜單。

| 不好意思（那個） | 菜單 | 麻煩 | 出示 | 請給我 |

저기요! 메뉴 좀 보여 주세요.
cheo.gi.yo　　me.nyu　chom　po.yeo　chu.se.yo

② 這家店最拿手的菜是什麼？

| 這 | 店 | 在 | 最 | 拿手的 | 料理 | 助詞 | 什麼 | 是呢 |

이 집에서 가장 잘하는 요리 가 뭐예요?
i　chi.be.seo　ka.jang　cha.la.neun　yo.li　ga　mwo.ye.yo

잘하는就是在動詞「拿手」잘하다拿手的語幹잘하後面，加上現在連體形－는，成為「拿手的」意思（→ P.128）。

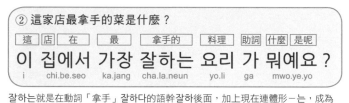

③ 拌飯最好吃。

| 拌飯 | 助詞 | 最 | 好吃 |

비빔밥이 가장 맛있어요.
pi.bim.ba.bi　ka.jang　ma.si.sseo.yo

⑧ 烤肉
불고기
pul.go.gi

⑨ 生排骨
생갈비
saeng.gal.bi

⑩ 冷麵
냉면
naeng.myeon

⑪ 人蔘雞
삼계탕
sam.ge.ttang

⑫ 骨頭湯
곰탕
kom.ttang

◆「中文菜單」중국어 메뉴 (chung.gu.geo-me.nyu)

超基礎文法

30種重要表達

韓國生活實境會話

文法&實用知識

MP3收錄內容列表

④ 我們這邊！請幫忙點菜。

| 這邊 | 點菜 | 麻煩 | 接收 | 請幫忙 |

여기요 ! 주문 좀 받아 주세요 .
yeo.gi.yo   chu.mun chom   pa.da   chu.se.yo

⑤ 請給我一個石鍋拌飯和一個普通拌飯。

| 石鍋拌飯 | 一 | 和 | 普通 | 拌飯 | 一 | 請給我 |

돌솥비빔밥 하나하고 보통 비빔밥 하나 주세요 .
tol.sot.bbi.bim.bap   ha.na.ha.go   po.ttong   pi.bim.bap   ha.na   chu.se.yo

⑥ 還有也要濁酒。

| 還有 | 濁酒 | 也要 |

그리고 막걸리도요 .
keu.li.go   ma.ggeol.li.do.yo

⑦ 是，我知道了。

| 是 | 知道了 |

네 , 알겠습니다 .
ne   al.get.sseum.ni.da

⑬ 酒
술
sul

⑭ 啤酒
맥주
maek.jju

⑮ 燒酒
소주
so.ju

⑯ 法酒
법주
peop.jju

⑰ 下酒菜
안주
an.ju

⑱ 盤子
접시
cheop.ssi

⑲ 筷子
젓가락
cheot.gga.lak

⑳ 湯匙
숟가락
sut.gga.lak

◆ 술在單字裡通常指的是酒。法酒是慶州的地方特產，是以糯米釀造的清酒。

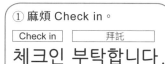

Scene6

飯店

호텔

ho.ttel

Track45

在日本已使用網路預約飯店的小舞，正在飯店進行 check in。小舞在入口發現到的木槿花是評定飯店等級的標準。五朵金色的花代表最高的等級。

① 麻煩 Check in。

Check in	拜託

체크인 부탁합니다.

che.kkeu.in   pu.tta.kkam.ni.da

② 我叫冬木舞…。

冬木	舞	叫做	委婉語尾

후유키 마이라고 하는데요…

hu.yu.kki   ma.i   la.go   ha.neun.de.yo

마이라고 하는데요 是在「我叫～」라고 하다的語幹하後面，加上表示委婉的語尾 ㅡ는데요。

③ 我已經網路預約了。

網路	用	預約	了

인터넷으로 예약했어요.

in.tteo.ne.seu.lo   ye.ya   kkae.sseo.yo

했어요是「做」하다的過去式 (→ P.127)。

④ 可以給我看護照嗎？

護照	出示	可以給我嗎

여권 보여 주시겠어요 ?
yeo.gwon po.yeo chu.si.ge.sseo.yo

⑥ 鑰匙在這裡。

鑰匙	助詞	這裡	在

열쇠는 여기 있습니다 .
yeol.soe.neun yeo.gi it.sseum.ni.da

⑤ 麻煩請簽在這裡。

這裡	在	寫	麻煩請

여기에 써 주십시오 .
yeo.gi.e sseo chu.sip.ssi.o

써 주십시오 是在「寫」쓰다的活用形써後面，
連接「麻煩請～」주십시오，
成為「麻煩請簽」的意思。쓰다會產生不規
則活用（으變則用言）（→ P.132）。

⑦ 早餐
아침 식사 / 조식
a.chim sik.ssa / cho.sik

⑧ 餐廳
식당 , 레스토랑
sik.ddang , le.seu.tto.lang

⑨ 鑰匙
열쇠 / 키
yeol.soe / kki

⑩ 房間
방 / 룸
pang / lum

⑪ ～號房 房間號碼使用漢字數字
～호실
ho.sil

⑫ 吸菸室
흡연실
heu.byeon.sil

⑬ 禁煙室
금연실
keu.myeon.sil

⑭ 暖炕房
온돌방
on.dol.bang

⑮ 旅行社
여행사
yeo.haeng.sa

93

Track46

搭計程車
택시를 타다
ttek.ssi.leul-tta.da

小舞決定要搭乘計程車去首爾市區。搭乘計程車的時候，只要將寫好目的地的紙條遞給司機看就好，非常方便。

① 計程車搭乘處在哪裡？

計程車	搭乘的	地方	助詞	哪裡	是呢

택시 타는 곳은 어디예요 ?
ttaek.ssi   tta.neun   go.seun   eo.di.ye.yo

② 在那裡。

那裡	是

저기예요 .
cheo.gi.ye.yo

⑧ 車站	⑨ 地鐵入口	⑩ 電車	⑪ 公車	⑫ 高速巴士
역	**지하철 입구**	**전철**	**버스**	**고속 버스**
yeok	chi.ha.cheol ip.ggu	cheon.cheol	peo.seu	ko.sok bbeo.seu

③ 請到這個地址。

| 這 | 地址 | 往 | 去 | 請幫忙 |

이 주소로 가 주세요 .
i   chu.so.lo   ka   chu.se.yo

④ 會花多久時間？

| 時間 | 助詞 | 多久 | 花呢 |

시간은 얼마나 걸려요 ?
si.ga.neun   eol.ma.na   keol.lyeo.yo

⑤ 會花一小時左右。

| 一 | 小時 | 左右 | 花 |

한 시간 정도 걸려요 .
han   si.gan   cheong.do   keol.lyeo.yo

⑥ 到了。

| 到達 | 了 |

도착했어요 .
to.cha.kkae.sseo.yo

⑦ 是兩萬元。

| 兩萬 | 元 | 是 |

2 만 원이에요 .
i.man   nwo.ni.e.yo

⑬ 纜車

케이블카
kke.i.beul.kka

⑭ 船

배
pae

⑮ 遊覽船

유람선
yu.lam.seon

⑯ 收據

영수증
yeong.su.jeung

◆「麻煩請停在這裡。」여기서 세워 주세요（yeo.gi.seo.se.wo.chu.se.yo）、「很遠嗎？」멀어요？（meo.leo.yo）、
「很近嗎？」가까워요？（ka.gga.wo.yo：ㅂ 變則用言→ P.131）

韓國的護膚療程
한국에서 에스테틱을
han.gu.ge.seo-e.seu.tte.tti.geul

小舞終於來到傳聞中的韓國健康護膚中心了。在享受韓國料理之後，來體驗一下只有韓國才有的汗蒸幕、搓澡等美容術吧。

아파요「痛」是아프다的해요體。아프다會有不規則活用的變化（으變則用言）（→ P.132）。

① 請趴著。

趴	請試著

엎드려 보세요 .
eop.ddeu.lyeo po.se.yo

② 有點痛。

一點	痛

좀 아파요 .
chom a.ppa.yo

③ 請麻煩稍微再輕一點。

稍微再	輕輕	做	請麻煩

좀더 살살 해 주세요 .
chom.deo sal.sal hae po.se.yo

⑨ 搓澡

때밀이
ddae.mi.li

⑩ 拔罐

부항
pu.hwang

⑪ 挽面

솜털 뽑기
som.tteol bbop.ggi

⑫ 汗蒸幕

한증막
han.jeung.mak

⑬ 護膚

피부 관리
ppi.bu kwal.li

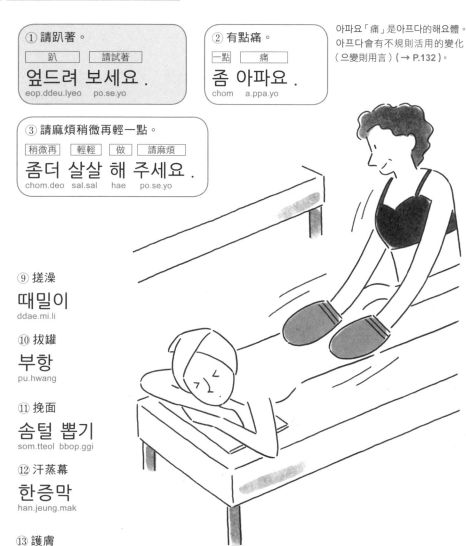

◆「太燙了。」너무 뜨거워요 . (neo.mu-ddeu.geo.wo.yo)、「肩膀僵硬。」어깨가 뭉쳐 있어요 . (eo.ggae.ga-mung. chyeo-i.sseo.yo)

④ 腳腫起來了。

| 腳 | 助詞 | 腫了 |

다리가 부었어요 .
ta.li.ga-pu.eo.sseo.yo

⑤ 很清涼。

| 清涼 |

시원해요 .
si.wo.nae.yo

⑥ 結束了。

| 結束了 |

끝났습니다 .
ggeun.nat.sseum.ni.da

⑦ 身體變得輕飄飄的。

| 身體 | 助詞 | 變得輕飄飄 |

몸 이 가뿐해졌어요 .
mo.mi　　ka.bbu.nae.jyeo.sseo.yo

⑧ 謝謝。

| 謝謝 |

고맙습니다 .
ko.map.sseum.ni.da

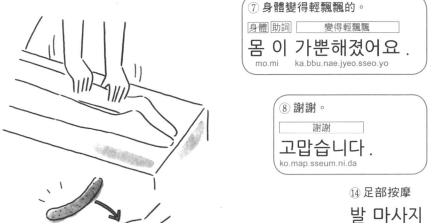

⑭ 足部按摩

발 마사지
pal　　ma.sa.ji

⑮ 面膜

얼굴 팩
eol.gul　ppaek

⑯ 艾草蒸浴

쑥찜
ssuk.jjim

⑰ 三溫暖

사우나
sa.u.na

⑱ 桑拿浴

찜질방
jjim.jil.bang

⑲ 中藥／漢（韓）方藥

한약 / 한방약
ha.nyak　　han.bang.yak

◆「臉部按摩」얼굴 마사지（eol.gu.ma.sa.ji）「芳香療法」아로마테라피（a.lo.ma.tte.la.pi）「美甲」네일（ne.il）

Scene9

地鐵
지하철
chi.ha.cheol

Track48

在健康護膚中心充電之後，接下來就出發去購物吧！遍佈在首爾市內的地鐵網，對外國人來說是很方便使用的交通工具。若預先購買好「T-money」交通卡，會更划算喔。

① 我想到東大門市場…

| 東大門 | 市場 | 往 | 去 | 想要 |

동대문 시장에 가고 싶은데요…
tong.dae.mun　si.jang.e　ka.go　si.ppeun.de.yo

② 要在哪裡下車？

| 在哪裡 | 下車的話 | 行呢 |

어디서 내리면 돼요?
eo.di.seo　nae.li.myeon　twae.yo

③ 請在東大門運動場下車。

| 東大門 | 運動場 | 在 | 請下車 |

동대문 운동장에서 내리세요 .
tong.dae.mun un.dong.jang.e.seo nae.li.se.yo

④ 得換車嗎？

| 換車 | 必須 | 行嗎 |

갈아타야 돼요 ?
ka.la.tta.ya twae.yo

⑤ 是的。請利用 3 號線到忠武路。

| 是 | 3 | 號 | 線 | 用 | 忠武路 | 為止 | 請去 |

네 . 3 호선으로 충무로까지 가세요 .
ne sa.mo.seo.neu.lo chung.mu.lo.gga.ji ka.se.yo

⑥ 在那邊請換搭 4 號線。

| 那裡 | 在 | 4 | 號 | 線 | 用 | 請換搭 |

거기서 4 호선으로 갈아타세요 .
keo.gi.seo sa.ho.seo.neu.lo ka.la.tta.se.yo

⑦ T-money

티머니
tti.meo.ni

⑧ 充電

충전
chung.jeon

⑨ 剪票口

개찰구
kae.chal.gu

⑩ 票

표
pyo

⑪ 自動售票機

자동 매표기
cha.dong ppan.mae.gi

⑫ 搭乘處

타는 곳
tta.neun kot

⑬ 售票處

표 파는 곳
pyo ppa.neun kot

⑭ 窗口

창구
chang.gu

⑮ 路線圖

노선도
no.seon.do

⑯ 入口

입구
ip.ggu

⑰ 出口

출구
chul.gu

⑱ 換乘處

환승 / 갈아타는 곳
hwan.seung / ka.la.tta.neun kot

◆ 「T-money」是可儲值式的交通卡片。除了公車、地鐵、廣域地鐵之外，在加盟店裡還可以做為電子錢包使用，使用範圍非常廣泛。

購物血拼是旅行最大的魅力。有不夜城之稱的東大門市場，在夜晚時更是增添許多活力。女用包包、夾克、襯衫等的客製化產品都是極為推薦的商品。

① 這個可以試穿嗎？

這個	穿	看看	可以嗎

이거 입어 봐도 돼요 ？
i.geo　i.beo　pwa.do　twae.yo

② 當然，請穿看看。

當然	穿	看看

그럼요 . 입어 보세요 .
keu.leom.nyo　i.beo　po.se.yo

그럼요和 56 頁一樣，插入 n 的發音，發「그럼뇨」。

⑦ 上衣	⑧ 罩衫	⑨ 褲子	⑩ 裙子	⑪ 皮鞋	⑫ 手提包
윗도리	블라우스	바지	치마	구두	핸드백
wit.ddo.li	peul.la.u.seu	pa.ji	chi.ma	ku.du	haen.deu.baek

◆「女裝」여성복（yeo.seong.bok）、「男裝」신사복（sin.sa.bok）、「童裝」아동복（a.dong.bok）

③ 沒有別的嗎？

| 別的 | 東西 | 沒有嗎 |

다른 건 없어요?
a.leun　geon　eop.sseo.yo

다른是在「不同」다르다的語幹다르後面，連接形容詞現在連體形的ㅡㄴ（→ P128）。건就是것은的縮寫，是「代名詞」，表示「東西」。

④ 這個怎麼樣？

| 這個 | 怎麼樣 |

이건 어떠세요?
i.geon　　eo.ddeo.se.yo

⑤ 是，這個不錯呢。

| 是 | 這個 | 不錯呢 |

네, 이건 괜찮네요.
ne　　i.geon　　kwaen.chan.ne.yo

如果「滿意」，則說마음에 들었어요（ma.eu.me-teu.leo.sseo.yo）

⑥ 剛剛好。

| 正 | 適合 |

딱 맞아요.
ddang-ma.ja.yo

⑬ 大	⑭ 小	⑮ 長	⑯ 短	⑰ 吻合	⑱ 鮮豔
크다	**작다**	**길다**	**짧다**	**맞춤**	**화려하다**
kkeu.da	chak.dda	kil.da	jjal.dda	mat.chum	hwa.lyeo.ha.da

◆「淡色」연한 색（yeo.nan-saek）、「深色」진한 색（chi.nan-saek）、「亮色」밝은 색（pal.geun-saek）、「暗色」어두운 색（eo.du.un-saek）、「樸素」수수하다（su.su.ha.da）

超基礎文法

30種重要表達

韓國生活實境會話

文法&實用知識

MP3收錄內容列表

Scene11

Track50

約定

약속

yak.ssok

韓國人約見面時，經常會相約在咖啡店的前面。首爾有許多氣氛樸實沉穩的咖啡店。在旅行之餘，也可以在此稍作休息，享受休閒時光。

① 幾點見面好呢？

| 幾 | 點 | 在 | 見面好呢 |

몇 시에 만날까요 ?

myeot　ssi.e　　man.nal.gga.yo

動詞만나다「見面」的語幹만나後面，連接ㅡㄹ까요？則成為「（我們）要不要見面呢？」的勸誘句。

② 5 點怎麼樣？

| 5 | 點 | 助詞 | 怎麼樣 |

다섯 시는 어떠세요 ?

ta.seot　ssi.neun　eo.ddeo.se.yo

③ 好。

| 好 |

좋아요 .

cho.a.yo

④ 在星星咖啡店見面吧。

| 星星咖啡店 | 在 | 見面吧 |

스타 카페에서 만나요 .

seu.tta　gga.ppe.e.seo　man.na.yo

⑦ 咖啡店
커피숍
kkeo.ppi.syop

⑧ 傳統茶館
전통 찻집
cheon.ttong chat.jjip

⑨ 咖啡廳
카페
gga.ppe

⑩ 網咖
피시방 (PC 방)
ppi.si.bang (pi.si.bang)

⑪ 電影院
극장 / 영화관
keuk.jjang / yeong.hwa.gwan

⑫ 書店
서점
seo.jeom

⑬ 郵局
우체국
u.che.guk

⑭ 銀行
은행
eu.naeng

⑮ 藥局
약국
ya.gguk

⑯ 噴水池
분수
pun.su

⑤ 對不起，我遲到了。

因為遲到	對不起

늘어서 죄송합니다 .
neu.jeo.seo　choe.song.ham.ni.da

⑥ 沒關係。我也剛到。

沒關係	我	也	剛剛	到了

괜찮아요 . 저도 방금 왔어요 .
kwaen.cha.na.yo　　cheo.do　pang.geum　wa.sseo.yo

◆「傳統飲茶」當中，可以享受由穀物、中藥沖泡的高藥效性韓國茶，以及味道清淡的韓國點心「韓菓」한과（han. gwa）。

Scene12

拜訪
방문
pang.mun

小舞到準基的家，見到他的家人。能夠造訪韓國的家庭是很寶貴的體驗。對長輩說話時，要特別注意敬語表現喔。

① 這是我父母。

| 我們 | 父母 | 是 |

우리 부모님이세요 .
u.li　　　pu.mo.ni.mi.se.yo

② 您好嗎？

| 您好嗎？ |

안녕하세요 ?
an.nyeong.ha.se.yo

③ 謝謝您的招待。

| 招待 | 給予 | 謝謝 |

초대해 주셔서 감사합니다 .
cho.dae.hae　chu.syeo.seo　kam.sa.ham.ni.da

④ 這是我小小的心意。

| 這個 | 雖然微小 | 禮物 | 是 |

이건 약소하지만 선물이에요 .
i.geon　yak.sso.ha.ji.man　　seon.mu.li.e.yo

⑤ 唉，不需要這麼客氣的。

| 唉 | 這種 | 事情 | 心思 | 使用 | 不 | 也行 |

아니 , 이런 거 신경 쓰지 않아도 돼요 .
a.ni　　i.leon　geo　sin.gyeong　sseu.ji　a.na.do　twae.yo

◆「（父方）祖父」할아버지（ha.la.beo.ji）、「（父方）祖母」할머니（hal.meo.ni）、「（母方）外公」외할아버지（oe. ha.la.beo.ji）、「（母方）外婆」외할머니（oe.hal.meo.ni）

104

⑥ 快進來。

趕快	進來

어서 들어와요.
eo.seo   teu.leo.wa.yo

⑦ 好，房子真是漂亮。

好	漂亮的	家	是

네. 멋진 집이네요.
ne   meot.jjin   ji.bi.ne.yo

멋진是在「漂亮」멋지다的語幹멋지
後面，加上形容詞現在式連體形 ㅡ
ㄴ，意思是「漂亮的」(→ P.128)。

⑧ 一起用餐。

一起	用餐

같이 식사해요.
ka.chi   sik.ssa.hae.yo

⑨ 爸爸   ⑩ 媽媽

아버지   어머니
a.beo.ji   eo.meo.ni

⑪ 哥哥

형 / 오빠
hyeong   o.bba
（弟弟稱呼）／（妹妹稱呼）

⑫ 姊姊

누나 / 언니
nu.na   eon.ni
（弟弟稱呼）／（妹妹稱呼）

⑬ 弟弟   ⑭ 妹妹

남동생   여동생
nam.dong.saeng   yeo.dong.saeng

◆ 오빠（o.bba）可以對關係較親密的男性前輩或男朋友使用。有血緣關係的「親哥哥」可以叫친 오빠（chin-o.bba）。

溫泉、四季應時的日本風景、動漫卡通、喜劇等的日本介紹，都是很容易討論的主題之一，不是嗎？而且還可以創造好機會，更了解不同的國家。

① 下次請來日本玩。

| 下次時 | 日本 | 往 | 玩 | 請來 |

다음에 일본으로 놀러 오세요.
ta.eu.me　　il.bo.neu.lo　　nol.leo　　o.se.yo

놀러 오세요的－러就是「（去、來）做～」的意思。在놀다「遊玩」的語幹 後面連接－러，就成為「為了玩而～」的意思。－러的後面，大部份的情況會使用가다「去」，或오다「來」之類的動詞。

② 好。我們一定會去看小舞小姐的。

| 好 | 我們 | 小舞 | 小姐 | 受詞 | 看 | 必須去 |

그래요. 우리 마이 씨를 보러 가야지요.
keu.lae.yo　u.li　　ma.i　　ssi.leul　po.leo　　ka.ya.ji.yo

가야지요是가다「去」的語幹가後面，連接－아야지요之後，同母音省略的結果。是「必須要去」的意思。

③ 一起去泡溫泉。

| 一起 | 溫泉 | 往 | 去 |

같이 온천에 가요.
ka.chi　on.cheo.ne　ka.yo

⑥ 傳統文化
전통문화
cheon.ttong-mu.nwa

⑦ 茶道
다도
ta.do

⑧ 插花
꽃꽂이
ggot.ggo.ji

⑨ 柔道
유도
yu.do

⑩ 祭典
축제
chuk.jje

⑪ 書法
서예
seo.ye

⑫ 櫻花
벚꽃
peot.ggot

⑬ 楓葉
단풍
tan.ppung

⑭ 煙火
불꽃
pul.ggot

⑮ 動畫
애니메이션
ae.ni.me.i.syeon

⑯ 漫畫／少女漫畫
만화 / 순정 만화
ma.nwa / sun.jeong-ma.nwa

◆「和服」기모노（ki.mo.no）、「浴衣」유카타（yu.kka.tta）、「腰帶」띠（ddi）

④ 富士山有清晰可見的露天溫泉。

| 富士山 | 助詞 | 清楚 | 看得見的 | 露天溫泉 | 助詞 | 有 |

후지산이 잘 보이는 노천 목욕탕이 있어요 .
hu.ji.sa.ni　　chal　po.i.neun　no.cheon　mo.gyok.ttang.i　　i.sseo.yo

보이는是動詞보이다「看得見」的現在式連體形。在語幹보이後面，連接－는，意思
是「看得見的」(→ P.128)。

⑤ 富士山是日本最高的山。

| 富士山 | 助詞 | 日本 | 在 | 最 | 高的 | 山 | 是 |

후지산은 일본에서 가장 높은 산이에요 .
hu.ji.sa.neun　　il.bo.ne.seo　　ka.jang　no.ppeun　　sa.ni.e.yo

높은是形容詞높다「高」的現在式連體形。在語幹높後面，連接－은，意思
是「高的」(→ P.128)。形容詞的現在式連體形，語幹以子音結尾的情況，
後面要連接－은。

◆「春」봄（pom）、「夏」여름（yeo.leum）、「秋」가을（ka.eul）、「冬」겨울（kyeo.ul）

搭乘 KTX

KTX를 타다

k.t.x.leul-tta.da

試著在車站窗口購買車票看看吧！如果有不清楚的地方，請鼓起勇氣向周邊的人詢問看看吧。大家應該都會親切地給予說明。

① **請給我一張 10 點往大田的票。**

| 10 點 | 大田 | 往 | 一 | 張 | 請給我 |

열 시 대전행 한 장 주세요 .
yeol si tae.jeo.naeng han jang chu.se.yo

② **是特別座？普通座？**

| 特別座 | 是呢 | | 普通座 | 是呢 |

특실입니까 ? 일반실입니까 ?
tteuk.ssi.lim.ni.gga   il.ban.si.lim.ni.gga

③ **請給我特別座。**

| 特別座 | 以 | 拜託 | 給予 |

특실로 부탁 드릴게요 .
tteuk.ssil.lo pu.ttak ddeu.lil.ge.yo

일반실「一般席」就是普通座的意思。

Tickets

⑦ **高速鐵路，KTX**

고속철도 , K T X
ko.sok.cheol.do   k.t.x

⑧ **臥舖車**

침대차
chim.dae.cha

⑨ **特快車**

특급
teu.ggeup

⑩ **快車**

급행
keu.ppaeng

⑪ **區間車**

완행
wa.naeng

◆「靠窗」창가（chang.ga）、「靠走道」통로 측（ttong.no-cheuk）

④ 這班車是往大田方向嗎？

| 這 | 列車 | 助詞 | 大田 | 往 | 是嗎 |

이 열차는 대전행이에요？
i　yeol.cha.neun　tae.jeo.naeng.i.e.yo

⑤ 是，對的。在大田有什麼事嗎？

| 是 | 對 | 大田 | 在 | 什麼事 | 助詞 | 有呢 |

네, 맞아요. 대전에서 뭐 가 있어요？
ne　ma.ja.yo　tae.jeo.ne.seo　mwo.ga　i.sseo.yo

⑥ 是，有粉絲見面會。

| 是 | 粉絲見面會 | 助詞 | 有 |

네, 팬 미팅 이 있어요.
ne　ppaen　mi.tting.i　i.sseo.yo

⑫ 客滿　　⑬ 空位　　⑭ 座位
만석　　공석　　좌석
man.seok　kong.seok　chwa.seok

⑮ 出發時間
출발 시간
chul.bal　si.gan

⑯ 抵達時間
도착 시간
to.chak　ssi.gan

⑰ 站務員　　⑱ 車掌　　⑲ 候車室　　⑳ 便當　　㉑ 月臺
역무원　　차장　　대합실　　도시락　　플랫폼
yeong.mu.won　cha.jang　tae.hap.ssil　to.si.lak　ppeul.laet.ppum

超基礎文法

30種重要表達

韓國生活實境會話

文法＆實用知識

MP3收錄內容列表

粉絲見面會
팬 미팅
ppaen-mi.tting

參加韓流明星的後援會吧！盡情的發出聲音，幫憧憬的偶像加油吧。並且在粉絲的愛慕信裡，傳達自己的想法吧（149頁中有刊載例句）。

① 我，想要轉交粉絲信。

| 我 | 粉絲信 | 助詞 | 轉交 | 想要 |

저 , 팬레터를 전하고 싶은데요 .
cheo　ppaen.le.tteo.leul　cheo.na.go　si.ppeun.de.yo

「想要～」(→ P.67)

② 請放這裡就好。

| 這裡 | 在 | 放 | 請走 |

여기에 놓고 가세요 .
yeo.gi.e　　no.kko　ka.seo.yo

③ 請一定要幫我轉交。

| 一定 | 轉交 | 請幫忙 |

꼭 전해 주세요 .
ggok　je.nae　chu.se.yo

「幫忙～」(→ P.73)

④ 這邊這邊～!

這裡

여기요 ~!
yeo.gi.yo

⑤ 加油!

加油

화이팅!
hwa.i.tting

此為對愛慕的偶像表
達鼓勵時，經常使用
的話。

⑥ 好帥!

帥

멋있어요!
meo.si.sseo.yo

⑦ 哥哥～!加油～!

哥哥   力氣   請出

오빠 ~! 힘내세요 ~!
o.bba   him.nae.se.yo

오빠是「哥哥」的意思 (→ P.105)

⑧ 握手   ⑨ 玩偶、洋娃娃

악수 인형
ak.ssu i.nyeong

⑩ 花束   ⑪ 螢光棒

꽃다발 펜 라이트
ggot.dda.bal ppaen la.i.tteu

超基礎文法

30種重要表達

韓國生活實境會話

文法&實用知識

MP3收錄內容列表

◆「請幫我簽名。」사인해 주세요 . (sa.i.nae-chu.se.yo)、「請看這邊!」여기 좀 봐 주세요! (yeo.gi-chom-pwa-ju.se.yo)

問路
길을 묻다
ki.leul-mut.dda

小舞在首爾迷路了。但是，只要有地圖就沒問題。
向周圍的人問路，然後前往和準基約好的見面地點
吧，GO！

① 這裡是哪裡？

| 這裡 | 助詞 | 哪裡 | 是呢 |

여기가 어디예요？
yeo.gi.ga　　eo.di.ye.yo

② 這裡是江南。

| 這裡 | 助詞 | 江南 | 是 |

여기는 강남이에요.
yeo.gi.neun　　kang.na.mi.e.yo

③ 大概是這地圖的哪裡？

| 這 | 地圖 | 在 | 哪裡 | 大約 | 成為 |

이 지도에서 어디쯤 돼요？
i　　chi.do.e.seo　　eo.di.jjeum　　twae.yo

④ 這裡。郵局附近。

| 這裡 | 是 | | 郵局 | 附近 | 是 |

여기예요. 우체국 근처예요.
yeo.gi.ye.yo　　u.che.guk　　geun.cheo.ye.yo

⑧ 派出所
파출소
ppa.chul.so

⑨ 紅綠燈
신호등
si.no.deung

⑩ 十字路口
사거리
sa.geo.li

⑪ 大馬路
큰길 / 대로
kkeun.gil / tae.lo

⑤ 請問一下，這家咖啡廳在哪裡？

| 那裡 | 語尾 | 這 | 咖啡廳 | 助詞 | 哪裡 | 在呢 |

저기요 . 이 커피숍은 어디 있습니까 ?
cheo.gi.yo　　i.kkeo.ppi.syo.beun　　eo.di　　it.sseum.ni.gga

⑥ 在那棟大樓 2 樓。

| 那 | 大樓 | 2 | 樓 | 在 | 有 |

저 건물 2 층에 있어요 .
cheo keon.mul　i.cheung.e　i.sseo.yo

⑦ 謝謝。

| 謝謝 |

고맙습니다 .
ko.map.sseum.ni.da

⑫ 小巷弄

골목길
kol.mo.ggil

⑬ 看板

간판
kan.ppan

⑭ 拐彎處

길모퉁이
kil.mo.ttung.i

⑮ 鬧街

번화가
peo.nwa.ga

超基礎文法

30 種重要表達

韓國生活實境會話

文法 & 實用知識

MP3 收錄內容列表

Scene17 Track56

電影欣賞
영화감상
yeong.hwa.gam.sang

小舞和準基一起來到了電影院。在韓國的窗口購買電影票時，座位會先被安排好。雖然也有早場優惠折扣，但和平日相比，週末的費用會稍微高一些。

---

① 要吃爆米花嗎？

爆米花	要吃嗎

팝콘 먹을래요？
ppap.kkon　meo.geul.lae.yo

먹을래요？動詞먹다「吃」的語幹먹後面，連接－을래요？就會成為「要吃嗎？」的意思。

② 好。

好

네.
ne

③ 也要喝可樂嗎？

可樂	也	要喝嗎

콜라도 마실래요？
kkol.la.do　　ma.sil.lae.yo

마실래요？動詞마시다「喝」的語幹마시後面，連接－ㄹ래요？就會成為「要喝嗎？」的意思。是較為親密的關係所使用的對話。

---

④ 好，謝謝。我很想看這部電影。

好	謝謝	這	電影	看	想要

네, 고마워요. 이 영화, 보고 싶었어요.
ne　　ko.ma.wo.yo　　i　yeong.hwa　po.go　si.ppeo.sseo.yo

「想要～」（→ P.66）／過去形（→ P.127）

---

⑤ 好了，開始了。

好了	開始了

자, 시작해요.
cha　　si.ja.kkae.yo

◆「見面」만남（man.nam）、「離別」이별（i.byeol）、「戀愛」연애（yeo.nae）、「失戀」실연（si.lyeon）

《電影對白》

⑥ 我只有妳,我愛妳。

| 妳 | 之外 | 沒有 | 我愛妳 |

너밖에 없어 . 사랑해 .
neo.ba.gge eop.sseo sa.lang.hae

⑦ 有你真好。

| 你 | 助詞 | 因為有 | 真 | 好 |

네가 있어서 참 좋아 .
ni.ga i.sseo.seo cham cho.a

「你」네가(ne.ga)為了要和「我」내가(nae.ga)作區
別,發音會傾向於니가(ni.ga)。

⑧ 愛情片
로맨스
lo.maen.seu

⑨ 古裝片
사극
sa.geuk

⑩ 導演
감독
kam.dok

⑪ 原著
원작
won.jak

⑫ 主演
주연
chu.yeon

⑬ 演員
배우
pae.u

⑭ 腳本、劇本
각본 , 대본
kak.bbon / tae.bon

交個朋友吧！
친구 하자!
chin.gu-ha.ja

準基和他的朋友們齊聚在韓國的酒館，歡迎小舞，然後他們提議以半語（朋友之間使用的文法語言）說話，小舞非常的高興。因為說半語是關係變得親密的證明。

① 我來介紹，這位是小舞。

我來介紹		這邊	助詞	小舞	半語

소개할게 . 이쪽은 마이야 .
so.gae.hal.ge　　i.jjo.geun　　ma.i.ya

소개할게는 就是在소개하다「介紹」的母音語幹後面，連接有「將要做～、約定」意思的－ㄹ게。是表示說話者意圖的半語。

② 你好嗎？

你好嗎

안녕하세요 ?
an.nyeong.ha.se.yo

③ 很高興認識你。

因為認識		很高興

만나 뵙게 돼서 반갑습니다 .
man.na　poep.gge　twae.seo　pan.gap.sseum.ni.da

④ 久仰大名。

話	很多	聽過

얘기 많이 들었어요 .
ye.gi　ma.ni　teu.leo.sseo.yo

⑨ 朋友
친구
chin.gu

⑩ 前輩
선배
seon.bae

⑪ 晚輩
후배
hu.bae

⑫ 同年
동갑
tong.gap

⑬ 派對
파티
ppa.tti

⑭ 歡迎會
환영회
hwan.yeong.hoe

⑮ 乾杯！
건배! / 위하여!
keon.bae / wi.ha.yeo

⑤ 小舞小姐是大學三年級吧？我也是。

| 小舞 | 小姐 | 助詞 | 大學 | 三年級 | 是吧 | | 我 | 也 | 那樣 |

마이 씨 는 대학교 3 학년이죠 ? 저 도 그래요 .
ma.i.　ssi.neun　tae.ha.ggyo　sa.mang.nyeo.ni.jyo　　cheo　do　keu.lae.yo

⑥ 我們交個朋友吧。

| 我們 | 朋友 | 交吧 |

우리 친구 해요 !
u.li　　chin.gu　hae.yo

⑦ 哇～真是太好了！

| 哇 | 太 | 好了 |

와아 , 너무너무 좋아요 !
wa.a　　neo.mu.neo.mu　　cho.a.yo

⑧ 那麼，我們以後說半語好嗎？

| 那麼 | 我們 | 以後 | 話 | 放鬆好嗎 |

그럼 , 우리 앞으로 말 놓을까요 ?
keu.leom　　u.li　　a.ppeu.lo　　mal　　no.eul.gga.yo

超基礎文法

30種重要表達

韓國生活實境會話

文法&實用知識

MP3收錄內容列表

◆ 반말（pan.mal）是對朋友或晚輩說話時，所使用的語尾表達。主要使用於口語，一旦關係變得親密，對話就會從敬語改為半語的文法。

道別用語
작별 인사
chak.bbyeol-in.sa

結交到新韓國朋友的小舞，她的韓國旅行終於要接近尾聲了。就像來到機場接機時一樣，準基也來到機場為她送行。相互約定好再見面之後，就此道別。

① 像是前幾天才剛見面的說…。

見面	是	昨天	像是

만난 게 엊그제 같은데…
man.nan　ge　eot.ggeu.je　ka.tteun.de

名詞＋같은데…，意思是「像～一樣的說…」語意未完的表達。

② 小舞，可以給我郵件地址嗎？

小舞	郵件	地址	告知	給我好嗎

마이, 메일 주소 알려 줄래?
ma.i　me.il　chu.so　al.lyeo　chul.lae

③ 好，在這裡。

好	這裡	有

네 . 여기 있어요 .
ne　yeo.gi　i.sseo.yo

④ 我會和妳連絡。

我會連絡

연락할게 .
yeol.la.kkal.ge

⑤ 不要忘記我。

我	助詞	不要忘記

나를 잊지 마세요.
na.leul　　it.jji　　ma.se.yo

「不要～」是在語幹後面，加上지 마세요（ji-ma. se.yo）來表達。

⑥ 當然！我們下次再見面吧。

當然	我們	下次	再	見面吧

그럼！우리 다음에 또 보자.
keu.leom　　u.li　　ta.eu.me　　ddo　　po.ja

⑦ 再見。

安寧地	留下來

안녕히 계세요.
an.nyeong.hi　　ke.se.yo

這是對留下的人使用的尊敬語氣的「再見」。對離開的人，則要使用안녕히 가세요（an.nyeong.hi-ka.se.yo）。

⑧ 好，慢走！

好	好好地	走

그래，잘 가！
keu.lae　　chal　ka

잘 가是對朋友使用的直率表現。對留下來的人，要説 잘 있어（chal-i.sseo）。

⑨ 晚點

이따가 / 나중에
i.dda.ga　　　　na.jung.e

이따가指的是當天之中的「稍後」，나중에在隔天之後也可以使用。時間幅度比이따가更長。

⑩ 下次

다음에
ta.eu.me

⑪ 未來／以後

장래 / 앞으로
chang.lae　　a.ppeu.lo

小舞平安回到日本了。她一邊想著愉快的韓國旅行，然後打電話到準基的家致謝。寄送致謝卡片也可以喔。

① 喂。我是日本的小舞。

| 喂 | 日本 | 的 | 小舞 | 叫做 | 情況是 |

여보세요 . 일본의 마이라고 하는데요…
yeo.bo.se.yo　　il.bo.ne　　ma.i.la.go　　ha.neun.de.yo

② 啊～，小舞！妳順利抵達了嗎？

| 啊～ | 小舞 | 順利地 | 抵達了嗎 |

아아 , 마이 ! 잘 도착했어 ?
a.a　　ma.i　　chal　to.cha.kkae.sseo

③ 是，在韓國真的很謝謝你。

| 是 | 韓國 | 在 | 真的 | 謝謝你 |

네 . 한국에선 정말 고마웠어요 .
ne　　han.gu.ge.seon　cheong.mal　ko.ma.wo.sseo.yo

④ 是段精彩的回憶。

| 精彩的 | 回憶 | 助詞 | 成為 |

멋진 추억이 됐어요 .
meot.jjin　　chu.eo.gi　　twae.sseo.yo

멋진就是在形容詞멋지다「精彩」的語幹
멋지後面，連接做為形容詞現在連體形的
ㅡㄴ，為「精彩的～」之意（P.128）。

超基礎文法

30 種重要表達

韓國生活實境會話

文法 & 實用知識

MP3 收錄內容列表

⑤ 要再來玩。我會等妳的。

| 再 | 玩 | 來 | 我會等妳 |

또 놀러 와. 기다릴게.
ddo nol.leo wa ki.da.lil.ge

⑥ 請幫我向伯母、伯父問好。

| 母親 | 父親 | 向 | 平安 | 轉達 | 請幫忙 |

어머님, 아버님께 안부 전해 주세요.
eo.meo.nim a.beo.nim.gge an.bu cheo.nae chu.se.yo

⑦ 再見。

| 安寧地 | 請留著 |

안녕히 계세요.
an.nyeong.hi ke.se.yo

掛電話時的招呼。

⑧ 回憶

추억
chu.eok

⑨ 記憶

기억하다
ki.eo.kka.da

⑩ 地址

주소
chu.so

⑪ 電話號碼

전화번호
cheo.nwa.beo.no

⑫ 手機

핸드폰 / 휴대폰
haen.deu.ppon hyu.dae.ppon

Scene21

鼓勵的信
격려의 메일
kyeong.nyeo.e-me.il

隔天，準基寄給小舞的鼓勵信件到達了。這也是給努力學習韓語的讀者們的內容。

마이에게
ma.i.e.ge

마이야 , 잘 있지 ?
ma.i.ya　　chal　　it.jji

난 잘 지내고 있어 .
nan　chal　chi.nae.go　i.sseo

있잖아 , 뭐든지 성공의 비결은 그만두지 않는 거야 .
it.jja.na　　mwo.deun.ji　seong.gong.e　pi.gyeo.leun　keu.man.du.ji　an.neun　geo.ya

한국어 공부 , 포기하지 마 !
han.gu.geo　kong.bu　　ppo.gi.ha.ji　ma

어제는 마이 목소리를 듣고 참 반가웠어 .
eo.je.neun　　ma.i　　mok.sso.li.leul　teut.ggo　cham　pan.ga.wo.sseo

또 언제든지 연락해 .
ddo　eon.je.deun.ji　yeol.la.kkae

서울에서 준기가
seo.u.le.seo-chu.gi.ga

給小舞

小舞，妳好嗎？
我過得很好。
告訴妳，無論任何事，成功的秘訣就是永不放棄，
妳不要放棄學習韓文！
昨天聽到小舞妳的聲音，我真的很開心，
要隨時保持連絡。

首爾的準基

사

PART 4

韓語會話力 UP！
文法 & 實用知識

收錄許多實際會話時一定要知道
的重要文法知識和基本單字等，
還有詳盡的解說和資訊。讓我們
慢慢學習吧。

1. 提升會話力的基本文法

韓語的敬語表達和文法

■ 韓語的敬語表達和文法

韓語裡有**敬語**的文法。和日語相同，是有禮貌的說話方式或**尊敬對方的表現**，而且也有許多像日語一樣的**謙讓表現**。在朋友和情侶之間，也有較親密的語言，也就是叫做**半語**（반말）的文法。

是否要使用敬語的決定關鍵在於**對方的年齡或地位是否比自己高**。

從敬語的使用方式，可以推測人與人之間的關係，敬語可說是理解韓國社會的重要角色。

另外，敬語的使用方法也和日語有一點不同。在日語如果向其它人談論熟人的事情時，儘管熟人是地位高的人，但在這個行為上，不會使用敬語。但是韓語裡會使用敬語。在公司也是一樣。會長不在時，有來電的情況，應對方式會和下面一樣。

日語：「會長現在不在。」
韓語：「會長大人現在不在。」

| 會長 | は | 今 | いらっしゃいません |

→ 회장님 은 지금 안 계십니다 .
hoe.jang.ni.meun chi.geum an ke.sim.ni.da

■ 依禮貌而異的文法

「尊敬語尾」的禮貌文法中，含有禮貌等級不同的2個文法。

本書裡的文法的形態，有**합니다**（ham.ni.da）體和**해요**（hae.yo）體。另外，還有前面所說的半語文法。下面整理出本書所出現的文法，請參考。

文法		禮貌的程度	語尾
禮貌的文法	非常尊敬的文法 합니다（ham.ni.da）體	高	「肯定句」 - ㅂ니다 / 습니다
			「疑問句」 - ㅂ니까 / 습니까 ?
	普通尊敬的文法 해요（hae.yo）體	中	「肯定句」 - 아 / 어요
			「疑問句」 - 아 / 어요 ?
半語的文法	반말（pan.mal）	低	「肯定句」 - 아 / 어
			「疑問句」 - 아 / 어?

🔊 有關用言的活用

■ 韓語的用言 3 段活用

　　韓語有**動詞、形容詞、存在詞、指定詞**4個種類的用言（→P.30），這些都有語尾活用。活用可分為3個部份，所以叫3段活用。只要把握好這類活用，應用韓語的能力就能夠大幅提升。

　　在活用用言的時候，**語幹末的形態要做什麼樣的改變**，這是很重要的重點（→P.31）。

◉ 用言的原型

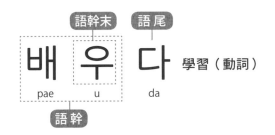

　　在語幹末上，會隨著母音、子音、ㄹ（l）收尾音的結尾，而有如下的分類。

語幹末以母音結尾	→	母音語幹
語幹末以子音結尾	→	子音語幹
語幹末以子音ㄹ結尾	→	ㄹ語幹

「活用
→的規則」
（P.126）的
活用②

　　另外，語幹末的母音會根據陽性母音、陰性母音，分成2部份。

語幹末以陽性母音（ㅏ, ㅗ）結尾	→	陽性母音語幹
語幹末以陰性母音（ㅏ, ㅗ以外）結尾	→	陰性母音語幹

「活用
→的規則」
（P.126）的
活用③

超基礎文法

30 種重要表達

韓國生活實境會話

文法 & 實用知識

MP3 收錄內容列表

125

如下表，我們來看看本書中出現的語尾，是作為哪種活用的形態吧。另外，還有不同於規則活用的不規則活用（→P.129）。

● 活用的規則

活用	語尾的活用	活用的情形
活用①	語幹　　　＋語尾	語幹連接情形 【語尾例子】「想要～」- 고 싶어요 「不～」- 지 않아요 「～對吧?」- 죠?
活用②	母音語幹　＋語尾 ㄹ語幹　　＋語尾 　　　　　（ㄹ會脫落） 子音語幹　＋加上-으語尾 （ㄹ結尾的子音除外）	・母音語幹 ・ㄹ語幹　　　　　　　┐－根據語幹末的形態，決定 ・子音語幹 (ㄹ結尾的子音除外)┘語尾連接 【語尾例子】「請～」-(으) 세요 「因為～」-(으) 니까 「如果～的話」-(으) 면
活用③	陽母音語幹 ＋ - 아 陰母音語幹 ＋ - 어	・陽母音語幹　┐根據語幹末的形態，決定語 ・陰母音語幹　┘尾連接 【語尾例子】「肯定句」- 아/어요 「請幫忙～」- 아/어 주세요 「做了～」- 았/었어요

　▼活用①指的是像「確認語尾（～對吧?）」-죠?（jyo）一樣，不做變化，直接連接在語幹後面。

　▼活用②指的是像「尊敬語尾（請～）」-(으)세요（se.yo）一樣，在語幹後面連接-으。這個-으會根據語幹末的形態，決定是否加上。

　▼活用③指的是像「非正式尊敬語尾（做～）」-아요/어요（a.yo/eo.yo）一樣，連接以-아或-어開頭的語尾。

합니다（ham.ni.da）體的用法

　　在本書裡，雖以해요（hae.yo）體為中心進行解說，但是합니다（ham.ni.da）體的用法還是要了解一下。在全部的用言後面，連接-ㅂ니다/습니다（m.ni.da/seum.ni.da）。

語幹末以母音結尾時的用言使用-ㅂ니다	「去」	가다 ka.da	→	「去」	갑니다 kam.ni.da
語幹末以子音(ㄹ除外)結尾時的用言使用-습니다	「讀」	읽다 ik.dda	→	「讀」	읽습니다 ik.sseum.ni.da
語幹末以ㄹ(l)結尾時的用言，會脫落，使用-ㅂ니다	「製作」	만들다 man.deul.da	→	「製作」	만듭니다 man.deum.ni.da

■ 經常使用的用言活用

我們使用左頁介紹的活用①～③的語尾，並在下表整理出經常使用的用言活用。

用言 原型	活用① 「對吧？」 -죠?	活用② 「如果～的話」 -(으)면	活用② 尊敬語尾 -(으)세요	活用③ 「肯定句」 -아/어요	活用③ 「做了～」 -았/었어요
動詞 「去」 가다 ka.da	「去吧？」 가죠? ka.jyo	「去的話」 가면 ka.myeon	「去嗎?」 가세요 ? ka.se.yo	「去」 가요 ka.yo	「去了」 갔어요 ka.sseo.yo
「讀」 읽다 ik.dda	「讀吧？」 읽죠? ik.jjyo	「讀的話」 읽으면 il.geu.myeon	「讀嗎?」 읽으세요 ? il.geu.se.yo	「讀」 읽어요 il.geo.yo	「讀了」 읽었어요 il.geo.sseo.yo
「做」 하다 ha.da	「做吧？」 하죠? ha.jyo	「做的話」 하면 ha.myeon	「做嗎?」 하세요 ? ha.se.yo	「做」 해요 hae.yo	「做了」 했어요 hae.sseo.yo
形容詞 「便宜」 싸다 ssa.da	「便宜吧？」 싸죠 ? ssa.jyo	「便宜的話」 싸면 ssa.myeon	「便宜?」 싸세요 ? ssa.se.yo	「便宜」 싸요 ssa.yo	「便宜」 쌌어요 ssa.sseo.yo
「好」 좋다 cho.tta	「好吧？」 좋죠 ? cho.chyo	「好的話」 좋으면 cho.eu.myeon	「好嗎?」 좋으세요 ? cho.eu.se.yo	「好」 좋아요 cho.a.yo	「好」 좋았어요 cho.a.sseo.yo
「少」 적다 cheok.dda	「少吧？」 적죠 ? cheok.jjyo	「少的話」 적으면 cheo.geu.myeon	「少嗎?」 적으세요 ? cheo.geu.se.yo	「少」 적어요 cheo.geo.yo	「少了」 적었어요 cheo.geo.sseo.yo
存在詞 「有/在」 있다 it.dda	有吧?/在吧? 있죠 ? it.jjyo	「有的話/在的話」 있으면 i.sseu.myeon	「有嗎?/在嗎?」 있으세요 ? i.sseu.se.yo	「有/在」 있어요 i.sseo.yo	「有了/在」 있었어요 i.sseo.sseo.yo
「沒有/不在」 없다 eop.dda	「沒有吧?/不在吧?」 없죠 ? eop.jjyo	「沒有的話/不在的話」 없으면 eop.sseu.myeon	「沒有嗎?/不在嗎?」 없으세요 ? eop.sseu.se.yo	「沒有/不在」 없어요 eop.sseo.yo	「沒有了/不在了」 없었어요 eop.sseo.sseo.yo
指定詞 「是」 ~이다 i.da	「是吧?」 ~이죠 ? i.jyo	「是的話」 ~이면 i.myeon	「是嗎?」 ~이세요 ? i.se.yo	「是」 예요 / 이에요 ye.yo/i.e.yo	「曾經是」 ~였어요 / 이었어요 yeo.sseo.yo/ i.eo.sseo.yo

過去式的用法

過去式在實際的會話中經常使用。在用語的語幹後面，連接-았/었來使用。只是，指定詞「是」이다（i.da）的「陳述句語尾」要連接～였/이었使用。將句末做해요體的時候，會成為爼的形態。

陽性母音語幹 ＋ - 았어요
陰性母音語幹 ＋ - 었어요
指定詞이다（i.da）的情況　以母音結尾的名詞 ＋ 였어요
　　　　　　　　　　　　　以子音結尾的名詞 ＋ 이었어요

※ 請確認上表的例句

✦ 現在連體形的活用 ▨▨▨▨▨▨▨▨▨▨▨▨▨▨

像「吃飯的人」裡的「吃飯的」，或是「很好的人」裡的「很好的」一樣，用言將修飾名詞的形態稱作**連體型**。在韓語中有現在、過去、未來連體形，不過本書只介紹現在連體形。

根據詞性，連體形的語尾加法會有所不同。動詞和存在詞使用活用①，形容詞和指定詞使用活用②。

現在連體型的語尾	詞性		例			活用
「做〜的〜」 「有〜的〜」 −는	動詞	母音語幹	「去」 가다 ka.da	「去的人」 가는 사람 ka.neun-sa.lam		活用①
		ㄹ語幹 (ㄹ脫落)	「玩」 놀다 nol.da	「玩的人」 노는 사람 no.neun-sa.lam		
		子音語幹	「吃」 먹다 meok.dda	「吃的人」 먹는 사람 meong.neun-sa.lam		
	存在詞	語幹末為 子音	「有/在」 있다 it.dda	「有約的人」 약속 있는 사람 yak.ssok-in.neun-sa.lam		
「很〜的〜」 「是〜的〜」 -ㄴ/-은	形容詞	母音語幹	「忙」 바쁘다 pa.bbeu.da	「忙碌的人」 바쁜 사람 pa.bbeun-sa.lam		活用②
		ㄹ語幹 (ㄹ脫落)	「長」 길다 kil.da	「長髮的人」 머리가 긴 사람 meo.li.ga-kin-sa.lam		
		子音語幹	「好」 좋다 cho.tta	「好的人」 좋은 사람 cho.eun-sa.lam		
	指定詞	母音語幹	「是/身份是」 이다 i.da	「畫家身份的田中先生」 화가인 다나카 씨 hwa.ga.in-ta.na.kka-ssi		

用言的不規則活用

在用言之中，有不同於基本規則的活用。這種活用稱做為**不規則活用**，本書將對接下來的9種用言做簡單的說明。這些變則用言在第126頁所介紹的活用②或活用③裡，是屬於不規則的活用。

① 여（yeo）變則用言

▶POINT
- 原型以하다（ha.da）結束的所有用言，都屬於這類的活用。這些可稱做여（yeo）的變則用言。
- 하（ha）變則用言、하다（ha.da）用言的稱呼。
- 活用③的情況，使用不規則活用（ 參考→P.63 ）。

■活用的例子

「學習」 **공부하다**
kong.bu.ha.da

活用① 使用確認的語尾 －죠?的情況

공부하 ＋ -죠? ~對吧 → 공부하죠? 學習對吧
kong.bu.ha.jyo

語尾不做變化直接連接

活用② 假設語氣－（으）면的情況

공부하 ＋ -면 如果~的話 → 공부하면 學習的話
kong.bu.ha.myeon

母音語幹結尾時，直接加上－면

活用③ 禮貌語尾해요的情況　　　　　　　　　　　＜不規則活用＞

공부하 ＋ -여요 肯定句 → 공부해요 學習
kong.bu.hae.yo

雖然是아요／어요的語尾，但以－여요的形態連接。

② ㄹ（ㅣ）語幹用言

▶POINT

● 語幹末的收尾音以ㄹ（ㅣ）結束的用言，都可以稱做為ㄹ（ㅣ）語幹用言。和第130頁解說的3個類型的活用並無關係，而是根據ㄹ後面連接的字，使得ㄹ收尾音發生脫落。會脫落的情況是，當連接ㅅ、ㅂ、오、ㄹ收尾音、還有ㄴ開始的語尾，共5個種類（連接非收尾音，而是以ㄹ開始的語尾時，ㄹ收尾音會脫落）。

● 我們排列每個語尾的初音之後，會是S.P.O.R.N，我們將這唸成口訣「Sporn」，一口氣背下來吧。

■ 活用的例子

「居住」 **살다**
sal.da

● 連接ㅅ語尾的情況

살   +   [請～] -세요   →   [請住] **사**세요
     ㄹ脫落   sa.se.yo

● 連接ㅂ語尾的情況

살   +   [肯定句] -ㅂ니다   →   [居住] **삽**니다
     ㄹ脫落   sam.ni.da
                                             ㄹ脫落之後，在사的下面填入ㅂ

● 連接非收尾音，以ㄹ開始的語尾

살   +   [要～嗎？] -ㄹ까요?   →   [要住嗎？] **살**까요?
     ㄹ脫落   sal.gga.yo
                                             在原本ㄹ的位置，填入－ㄹ까요？來取代ㄹ

● 連接ㄴ語尾的情況

살   +   [因為～] -니까   →   [因為居住] **사**니까
     ㄹ脫落   sa.ni.gga

超基礎文法

30種重要表達

韓國生活實境會話

文法 & 實用知識

MP3收錄內容列表

③ ㅎ（h）變則用言

▶POINT

● 語幹末的收尾音為ㅎ的形容詞，除了「好」좋다（cho.tta）之外，都是屬於此類。這些可以稱做是ㅎ（h）變則用言。

● 活用②和活用③的情況，要使用不規則的活用。

■ 活用的例子

「紅」**빨갛다**
bbal.ga.tta

活用① 確認語尾－죠？的情況

빨갛 ＋ ~對吧？
-죠?
→ 很紅對吧？
빨갛죠?
bbal.ga.jyo
直接連接語尾

活用② 連體形的情況 ＜不規則活用＞

빨갛 ＋ 很~的~
-ㄴ
→ 紅的 襯衫
빨간 샤쓰
bbal.gan-sya.sseu
ㅎ脫落　　　　　　形容詞的現在連體形語尾，加入-ㄴ

活用③ 禮貌語尾해요的情況 ＜不規則活用＞
母音改成ㅐ

빨갛 ＋ 肯定句
-ㅐ요
→ 很紅
빨개요
bbal.gae.yo
ㅎ脫落　　　　　　和陽性母音、陰性母音沒有關係，
　　　　　　　　　雖然是아요／어요的語尾，但以-ㅐ요的形態連接

④ ㅂ（b）變則用言

▶POINT

● 語幹以ㅂ收尾音結尾的大部份形容詞和一部份動詞，只要使用不規則活用，都可以稱做是ㅂ（p）變則用言。

● 活用②和活用③的情況，使用不規則的活用。

■ 活用的例子

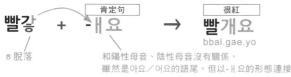
「辣」**맵다**
map.dda

活用① 確認語尾一죠?的情況

맵 + -죠? → 맵죠?
　　　　~對吧　　　　　　　　很辣對吧　　　直接連接語尾
　　　　　　　　　　　map.jjyo

活用② 連體形的情況　　　　　　　　　　　　　　　　　<不規則活用>

맵 → 매우 + -ㄴ → 매운 음식
　　　　　　　　很~的~　　辣的　食物
　ㄴ脫落之後加入우　　形容詞的現在連體形語尾,加入-ㄴ　mae.un-eum.sik

活用③ 禮貌語尾해요的情況　　　　　　　　　　　　　<不規則活用>

맵 → 매우 + -ㅓ요 → 매워요
　　　　　　　　　肯定句　　　很辣
　ㄴ脫落之後加入우　　　　　mae.wo.yo
　　　　　　　雖然是아요/어요的　　우和ㅓ合併
　　　　　　　語尾,但以-ㅓ요的形
　　　　　　　態連接

另外,只有「幫助」돕다
(topdda)和「美麗」곱다
(kop.dda)可變化為도와
요(幫忙)、고와요(美
麗)。

---

⑤ 으(eu)變則用言

▶POINT

● 語幹末的母音為ㅡ(eu)時,全部都要進行不規則活用。其中,既不屬於르
(leu)變則用言,也不屬於러(leo)變則用言的情況,即可稱做為으
(eu)變則用言。

● 只有在活用③的時候,才進行不規則的活用。

■活用的例子

「大」크다　　　　　「痛」아프다　　　　　「高興」기쁘다
　kkeu.da　　　　　　a.ppeu.da　　　　　　ki.bbeu.da
　　↑　　　　　　　　　　↑　　　　　　　　　　　↑
語幹為1音節　　　語幹為2音節以上,在語幹末的　語幹為2音節以上,在語幹末的
　　　　　　　　前1個母音為陽性母音　　　　前1個母音為陰母音
　　　　　　　　　　　　活用的方法會各自變化

活用① 確認語尾-죠?的情況

크 　+　 ~對吧 -죠? 　→　 很大對吧 크죠?
kkeu.jyo

아프 　+　 ~對吧 -죠? 　→　 很痛對吧 아프죠?
a.ppeu.jyo

기쁘 　+　 ~對吧 -죠? 　→　 高興對吧 기쁘죠?
ki.bbeu.jyo

直接連接語尾

活用② 表示原因・理由-(으)나까的情況

크 　+　 因為~ -니까 　→　 因為很大 크니까
kkeu.ni.gga

아프 　+　 因為~ -니까 　→　 因為很痛 아프니까
a.ppeu.ni.gga

기쁘 　+　 因為~ -니까 　→　 因為高興 기쁘니까
ki.bbeu.ni.gga

由於是母音語幹，所以語幹後面
以語尾-니까做連接

活用③ 禮貌語尾해요的情況　　　　　　　　　　　　＜不規則活用＞

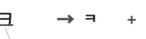 크 　→　 ㅋ 　+　 肯定句 -ㅓ요 　→　 很大 커요
kkeo.yo

母音ㅡ的變化　　　　　　　　　-아요／어요中以-ㅓ요形式連接

〈陽性母音〉
아프 　→　 아ㅍ 　+　 肯定句 -ㅓ요 　→　 很痛 아파요
a.ppa.yo

母音ㅡ的變化　　　　　　　　　語幹末前一個母音為陽性母音結尾時，-아요／어요
　　　　　　　　　　　　　　　中以-ㅏ요形式連接

〈陰性母音〉
기쁘 　→　 기ㅃ 　+　 肯定句 -ㅓ요 　→　 很高興 기뻐요
ki.bbeo.yo

母音ㅡ的變化　　　　　　　　　語幹末前一個母音為陰性母音結尾時，-아요／어요
　　　　　　　　　　　　　　　中以-ㅓ요形式連接

►POINT

● 語幹末為르的動詞和形容形全部都作變則活用，大部份會使用以下的不規則活用。可將這些稱為르（ I ）變則用言。語末幹以르結尾的用言，有으變則用言和러變則用言。

● 只有在活用③的時候，才進行不規則的活用。隨著語幹末前面的母音是陽性母性或是陰性母音時，語尾的形態會變化。

■ 活用的例子

「不知道」**모르다**
mo.leu.da
↑
語幹末前面的母音為陽性母音

「流逝」**흐르다**
heu.leu.da
↑
語幹末前面的母音為陰性母音

活用① 確認語尾－죠?的情況

모르 ＋ ［～對吧］-죠? → ［不知道對吧］**모르죠?**
mo.leu.jyo

흐르 ＋ ［～對吧］-죠? → ［流逝對吧］**흐르죠?**
heu.leu.jyo

直接連接語尾

活用② 表示原因‧理由－（으）나까的情況

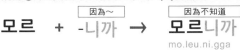

모르 ＋ ［因為～］-니까 → ［因為不知道］**모르니까**
mo.leu.ni.gga

흐르 ＋ ［因為～］-니까 → ［因為流逝］**흐르니까**
heu.leu.ni.gga

由於是母音語幹，
所以語幹後面以語尾－니까做連接

活用③ 禮貌語尾해요的情況   ＜不規則活用＞

〈陽性母音〉

모르 → 몰 ＋ ｜肯定句｜ -라요 → ｜不知道｜몰라요
｜
母音ㅡ的變化
mol.la.yo

語幹末前一個母音為陽性母音結尾時，ㅡ아요／어요中
以ㅡ라요形式連接

〈陰性母音〉

흐르 → 흘 ＋ ｜肯定句｜ -러요 → ｜流逝｜흘러요
｜
母音ㅡ的變化
heul.leo.yo

語幹末前一個母音為陰性母音結尾時，ㅡ아요／어요中
以ㅡ러요形式連接

⑦ 러（leo）變則用言

▶POINT

● 在語幹末為르的用言之中，「青藍」푸르다（ppu.leu.da）、「黃色」노르다（no.leu.da）、「到達」이르다（i.leu.da），數量較少的으變則用言，或르變則用言的不同活用，可以將這些稱為러（leo）變則用言。
● 只有在活用③的時候，才進行不規則的活用。

■活用的例子

「到達」 이르다
i.leu.da

活用① 確認語尾ㅡ죠?的情況

이르 ＋ ｜～對吧｜-죠? → ｜到達對吧｜이르죠?   直接連接語尾
i.leu.jyo

活用② 表示原因・理由ㅡ(으)니까的情況

이르 ＋ ｜因為～｜-니까 → ｜因為到達｜이르니까   由於是母音語幹，所以語幹後面以語
i.leu.ni.gga   尾ㅡ니까做連接

活用③ 禮貌語尾해요的情況   ＜不規則活用＞

이르 → 이르 ＋ ｜肯定句｜-러요 → ｜到達｜이르러요
｜
르保留不變化
i.leu.leo.yo

語幹末的前1個母音是陽性母音或陰性母音沒有關係
，ㅡ아요／어요的語尾全都連接ㅡ러요的形態。

▶POINT

- 語幹末以ㄷ收尾音結尾的用語，其中一部份會產生不規則變化。這些可以稱做是ㄷ（t）變則用言。
- 活用②和活用③的情況，要使用不規則的活用。

■ 活用的例子

「走路」**걷다**
keot.dda

活用① 確認語尾-죠?的情況

걷　+　-죠? 〔～對吧〕　→　걷죠? 〔走路對吧〕
keot.jjyo

直接連接語尾

活用② 假設語氣-(으)면的情況　　　　　　　　　　　　＜不規則活用＞

걷　→　걸　+　-으면 〔如果～的話〕　→　걸으면 〔走路的話〕
keo.leu.myeon

ㄷ產生變化，改為ㄹ　　　子音語幹結尾，語尾連接으면

活用③ 禮貌語尾해요的情況　　　　　　　　　　　　＜不規則活用＞

걷　→　걸　+　-어요 〔肯定句〕　→　걸어요 〔走路〕
keo.leo.yo

ㄷ產生變化，改為ㄹ　　　語幹末前一個母音為陰性母音結尾時，
　　　　　　　　　　　　　-아요／어요中以-어요形式連接

▶POINT

- 語幹末以ㅅ收尾音結尾的用語，其中一部份會產生不規則變化。這些可以稱做是ㅅ（s）變則用言
- 活用②和活用③的情況，要使用不規則的活用。

■ 活用的例子

「痊癒」 **낫다**
nat.dda

↑
語幹末的母音為陽性母音

「攪拌」 **젓다**
cheot.dda

↑
語幹末的母音為陰性母音

活用① 確認語尾－죠？的情況

낫　+　-죠？　→　낫죠？
nat.jjyo

젓　+　-죠？　→　젓죠？
cheot.jjyo

直接連接語尾

活用② 假設語氣－（으）면的情況

＜不規則活用＞

낫　+　-으면　→　나으면
na.eu.myeon

ㅅ會脫落

젓　+　-으면　→　저으면
cheo.eu.myeon

ㅅ會脫落

以子音語幹結尾時，語尾連接-으면，
這時ㅅ會脫落

活用③ 禮貌語尾해요的情況

＜不規則活用＞

낫　+　-아요　→　나아요.
na.a.yo

ㅅ會脫落　　語幹末前一個母音為陽性母音結尾時，－아요／어요中以
　　　　　　－아요形式連接

젓　+　-어요　→　저어요.
cheo.eo.yo

ㅅ會脫落　　語幹末前一個母音為陰性母音結尾時，－아요／어요中
　　　　　　以－어요形式連接

2. 重要的基本數字

數字的讀法 ①～漢數字（漢字由來的數字）

相當於中文的「一、二、三…」的數法，這是由漢字轉變而來的數字。

0	영 , 공 yeong kong	※ 0 有 2 種唸法，在唸電話號碼之類的數字時，經常念成 **공**（kong）。 ※ 16…96 為止，個位數的 6（**육**）的發音為「nyuk」。								
1	일 il	21	이십일 i.si.bil	41	사십일 sa.si.bil	61	육십일 yuk.ssi.bil	81	팔십일 ppal.si.bil
2	이 i	22	이십이 i.si.bi	42	사십이 sa.si.bi	62	육십이 yuk.ssi.bi	82	팔십이 ppal.si.bi
3	삼 sam	23	이십삼 i.sip.ssam	43	사십삼 sa.sip.ssam	63	육십삼 yuk.ssip.ssam	83	팔십삼 ppal.sip.ssam
4	사 sa	24	이십사 i.sip.ssa	44	사십사 sa.sip.ssa	64	육십사 yuk.ssip.ssa	84	팔십사 ppal.sip.ssa
5	오 o	25	이십오 i.si.bo	45	사십오 sa.si.bo	65	육십오 yuk.ssi.bo	85	팔십오 ppal.si.bo
6	육 / 륙 yuk ryuk	26	이십육 i.sim.nyuk	46	사십육 sa.sim.nyuk	66	육십육 yuk.ssim.nyuk	86	팔십육 ppal.sim.nyuk
7	칠 chil	27	이십칠 i.sip.chil	47	사십칠 sa.sip.cil	67	육십칠 yuk.ssip.chil	87	팔십칠 ppal.sip.chil
8	팔 pal	28	이십팔 i.sip.ppal	48	사십팔 sa.sip.pp	68	육십팔 yuk.ssip.p	88	팔십팔 ppal.sip.ppal
9	구 ku	29	이십구 i.sip.ggu	49	사십구 sa.sip.ggu	69	육십구 yuk.ssip.ggu	89	팔십구 ppal.sip.ggu
10	십 sip	30	삼십 sam.sip	50	오십 o.sip	70	칠십 chil.ssip	90	구십 ku.sip
11	십일 si.bil	31	삼십일 sam.si.bil	51	오십일 o.si.bil	71	칠십일 chil.si.bil	91	구십일 ku.si.bil
12	십이 si.bi	32	삼십이 sam.si.bi	52	오십이 o.si.bi	72	칠십이 chil.si.bi	92	구십이 ku.si.bi
13	십삼 sip.ssam	33	삼십삼 sam.sip.ssam	53	오십삼 o.sip.ssam	73	칠십삼 chil.sip.ssam	93	구십삼 ku.sip.ssam
14	십사 sip.ssa	34	삼십사 sam.sip.ssa	54	오십사 o.sip.ssa	74	칠십사 chil.sip.ssa	94	구십사 ku.sip.ssa
15	십오 si.bo	35	삼십오 sam.si.bo	55	오십오 o.si.bo	75	칠십오 chil.si.bo	95	구십오 ku.si.bo
16	십육 sim.nyuk	36	삼십육 sam.sim.nyuk	56	오십육 o.sim.nyuk	76	칠십육 chil.sim.nyuk	96	구십육 ku.sim.nyuk
17	십칠 sip.chil	37	삼십칠 sam.sip.chil	57	오십칠 o.sip.chil	77	칠십칠 chil.sip.chil	97	구십칠 ku..sip.chil
18	십팔 sip.ppal	38	삼십팔 sam.sip.ppal	58	오십팔 o.sip.ppal	78	칠십팔 chil.sip.ppal	98	구십팔 ku.sip.ppal
19	십구 sip.ggu	39	삼십구 sam.sip.ggu	59	오십구 o.sip.ggu	79	칠십구 chil.sip.ggu	99	구십구 ku.sip.ggu
20	이십 i.sip	40	사십 sa.sip	60	육십 yuk.ssip	80	팔십 ppal.sip	100	백 paek

1000	천 cheon	1 萬	만 man	10 萬	십만 sim.man	100 萬	백만 paeng.man	1000 萬	천만 cheon.man	1 億	일억 i.leok

數字的讀法 ②～固有數字（既有的韓文數詞）

相當於英文「one、two、three…」的數法，這是韓語的固有唸法。

※ 連接「～點」、「～歲」、「～個」等的量詞使用時，1～4 和 20 要按照表中（ ）內所標示的來做變化。

11（열한）…94（아흔네）為止，請注意都是做同樣的變化。

1	하나(한) ha.na(han)	21	스물하나 seu.mu.la.na	41	마흔하나 ma.heu.na.na	61	예순하나 ye.su.na.na	81	여든하나 yeo.deu.na.na
2	둘 (두) tul(tu)	22	스물둘 seu.mul.dul	42	마흔둘 ma.heun.dul	62	예순둘 ye.sun.dul	82	여든둘 yeo.deun.dul
3	셋 (세) set(se)	23	스물셋 seu.mul.set	43	마흔셋 ma.heun.set	63	예순셋 ye.sun.set	83	여든셋 yeo.deun.set
4	넷 (네) net(ne)	24	스물넷 seu.mul.let	44	마흔넷 ma.heun.net	64	예순넷 ye.sun.net	84	여든넷 yeo.deun.net
5	다섯 ta.seot	25	스물다섯 seu.mul.da.seot	45	마흔다섯 ma.heun.da.seot	65	예순다섯 ye.sun.da.seot	85	여든다섯 yeo.deun.da.seot
6	여섯 yeo.seot	26	스물여섯 seu.mu.leo.seot	46	마흔여섯 ma.heun.eo.seot	66	예순여섯 ye.su.nyeo.seot	86	여든여섯 yeo.deu.nyeo.seot
7	일곱 il.gop	27	스물일곱 seu.mul.gop	47	마흔일곱 ma.heu.nil.gop	67	예순일곱 ye.su.nil.gop	87	여든일곱 yeo.deu.nil.gop
8	여덟 yeo.deol	28	스물여덟 seu.mu.lyeo.deol	48	마흔여덟 ma.heu.nyeo.deol	68	예순여덟 ye.su.nyeo.deol	88	여든여덟 yeo.deu.nyeo.deol
9	아홉 a.hop	29	스물아홉 seu.mu.la.hop	49	마흔아홉 ma.heu.na.hop	69	예순아홉 ye.su.na.hop	89	여든아홉 yeo.deu.na.hop
10	열 yeol	30	서른 seo.leun	50	쉰 swin	70	일흔 i.leun	90	아흔 a.heun
11	열하나 yeo.la.na	31	서른하나 seo.leu.na.na	51	쉰하나 swi.na.na	71	일흔하나 i.leu.na.na	91	아흔하나 a.heu.na.na
12	열둘 yeol.dul	32	서른둘 seo.leun.dul	52	쉰둘 swin.dul	72	일흔둘 i.leun.dul	92	아흔둘 a.heun.dul
13	열셋 yeol.set	33	서른셋 seo.leun.set	53	쉰셋 swin.set	73	일흔셋 i.leun.set	93	아흔셋 a.heun.set
14	열넷 yeol.let	34	서른넷 seo.leun.net	54	쉰넷 swin.net	74	일흔넷 i.leun.net	94	아흔넷 a.heun.net
15	열다섯 yeol.da.seot	35	서른다섯 seo.leun.da.seot	55	쉰다섯 swin.da.seot	75	일흔다섯 i.leun.da.seot	95	아흔다섯 a.heun.da.seot
16	열여섯 yeo.lyeo.seot	36	서른여섯 seo.leu.nyeo.seot	56	쉰여섯 swi.nyeo.seot	76	일흔여섯 i.leu.nyeo.seot	96	아흔여섯 a.heu.nyeo.seot
17	열일곱 yeo.lil.gop	37	서른일곱 seo.leu.nil.gop	57	쉰일곱 swi.nil.gop	77	일흔일곱 i.leu.nil.gop	97	아흔일곱 a.heu.nil.gop
18	열여덟 yeo.lyeo.deol	38	서른여덟 seo.leu.nyeo.deol	58	쉰여덟 swi.nyeo.deol	78	일흔여덟 i.leu.nyeo.deol	98	아흔여덟 a.heu.nyeo.deol
19	열아홉 yeo.la.hop	39	서른아홉 seo.leu.na.hop	59	쉰아홉 swi.na.hop	79	일흔아홉 i.leu.na.hop	99	아흔아홉 a.heu.na.hop
20	스물(스무) seu.mul.seu.mu	40	마흔 ma.heun	60	예순 ye.sun	80	여든 yeo.deun		

超基礎文法

30 種重要表達

韓國生活實境會話

文法 & 實用知識

MP3 收錄內容列表

助數詞（數字單位）

　　就是指數字的單位。連接在數字後面的助數詞要連接在漢字數字，還是固有數字後面，都是已經決定好的。

● 使用漢數字的助數詞

～元（W）	～원 won	～夜	～박 pak
～年	～년 nyeon	～樓	～층 cheung
～月	～월 wol	～號房	～호실 ho.sil
～日	～일 il	～度（溫度）	～도 to
～星期	～주일 chu.il	～公克（g）	～그램 keu.laem
～回	～회 hoe	～公斤（kg）	～킬로그램 kkil.lo.geu.laem
～號	～번 peon	～公升（l）	～리터 li.tteo
～歲	～세 se	～公尺（m）	～미터 mi.tteo
～人份	～인분 in.bun	～平方公尺（㎡）	～평방미터 / 제곱미터 ppyeong.bang.mi.tteo/che.gom.mi.tteo

● 使用固有數字的助數詞

～個	～개 kae	～張	～장 chang
～人	～사람 sa.lam	～袋（紙袋、藥包、餅乾袋等單位）	～봉지 pong.ji
～名	～명 sal	～台	～대 tae
～歲	～살 byeong	～種類	～가지 ka.ji
～瓶	～병 byeong	～處	～군데 kun.de
～支	～자루 cha.lu	～首	～곡 kok
～杯	～잔 chan	～倍	～배 pae
～件	～벌 peol	～次	～번 peon
～雙	～켤레 kkyeol.le	第～次	～번째 peon.jjae （第一次是첫번째 [cheot.bbeon.jjae]）
～本	～권 kwon		

時間的表達

在韓語中，表示「～點」的情況，要使用固有數字，表示「～分」的情況，則使用漢字數字。

11 時
열한 시
yeo.lan-si

12 時
열두 시
yeol.du-si

1 時
한 시
han.si

10 時
열 시
yeol-si

2 時
두 시
tu-si

9 時
아홉 시
a.hop-ssi

3 時
세 시
se-si

8 時
여덟 시
yeo.deol-si

4 時
네 시
ne-si

7 時
일곱 시
il.gop-ssi

5 時
다섯 시
ta.seot-ssi

6 時
여섯 시
yeo.seot-ssi

現在幾點？

現在	幾	點	是呢

지금 몇 시예요 ?
chi.geum myeot ssi.ye.yo

上午 10 點 10 分。

上午	10	時	10	分	是

오전 열 시 십 분이에요 .
o.jeon   yeol   si   sip   bbu   ni.e.yo

上午 8 點。

上午	8	時	是

오전 여덟 시예요 .
o.jeon   yeo.deol   si.ye.yo

下午 4 點半。

下午	4	點	半	是

오후 네 시 반이에요 .
o.hu   ne   si   ba.ni.e.yo

經常使用的助詞一覽

韓語的助詞會根據前面的名詞是以母音結尾或子音（收尾音）結尾，而使形態有所不同。另外，口語詞和書面詞儘管都是同樣的意思，但使用的助詞會隨使用場合而不同。

	以母音結尾的名詞	以子音（收尾音）結尾的名詞	例
主格助詞	는 neun	은 eun	저는（我） cheo.neun 일본은（日本） il.bo.neun
主格助詞 ※1	가 ka	이 i	학교가（學校） ha.ggyo.ga 학생이（學生） hak.ssaeng.i
受格助詞	를 leul	을 eul	과자를（餅乾） kwa.ja.leul 지갑을（皮夾） chi.ga.beul
和～	와 wa	과 kwa	친구와（和朋友） chin.gu.wa 여동생과（和妹妹） yeo.dong.saeng.gwa
	하고（口語詞）※2 ha.g		친구하고（和朋友） chin.gu.ha.go 여동생하고（和妹妹） yeo.dong.saeng.ha.go
向～、對～ （人、動物）	에게 e.ge		선생님에게（向老師） seon.saeng.ni.me.ge 강아지에게（對小狗） gang.a.ji.e.ge
	한테（口語詞）※2 han.tte		선생님한테（向老師） seon.saeng.ni.man.tte 강아지한테（對小狗） gang.a.ji.han.tte
從～ （人、動物）	에게서 e.ge.seo		남동생에게서（從弟弟） nam.dong.saeng.e.ge.seo 원숭이에게서（從猴子） won.sung.i.e.ge.seo
	한테서（口語詞）※2 han.tte.seo		남동생한테서（從弟弟） nam.dong.saeng.han.tte.seo 원숭이한테서（從猴子） won.sung.i.han.tteo.seo

	以母音結尾 的名詞	以子音（收尾音） 結尾的名詞	例
～也	**도** to		**이것도**（這個也） i.geot.ddo
往～（事物、場所）	**에** e		**은행에**（往銀行） eu.naeng.e
～的	**의** e		**어머니의 가방**（媽媽的包包） eo.meo.ni.e-ka.bang
從～（時間、順序）	**부터** pu.tteo		**다섯 시부터**（從 5 點起） ta.seot-ssi.bu.tteo
在～（場所） 從～（場所的起點）	**에서** e.seo		**사무실에서**（在辦公室） sa.mu.si.le.seo **집에서**（從家裡） chi.be.seo
到～（場所、時間）	**까지** gga.ji		**여섯 시까지**（到 6 點） yeo.seot-ssi.gga.ji **역까지**（到車站） yeok.gga.ji
往～（方向）	**로** lo	**으로**※3 eu.lo	**회사로**（往公司） hoe.sa.lo **우체국으로**（往郵局） u.che.gu.geu.lo **시골로**（往鄉下） si.gol.lo
用～（工具、手段）	**로** lo	**으로**※3 eu.lo	**비행기로**（以飛機） pi.haeng.gi.lo **볼펜으로**（用原子筆） pol.ppe.neu.lo **지하철로**（以地鐵） chi.ha.cheol.lo

※ 1 **가／이**根據文章脈絡，翻譯的方式也會改變。
※ 2 口語詞主要使用於會話。
※ 3 只有在以 **ㄹ** 收尾音結尾的名詞才會只加上 **로**。

超基礎文法

30 種重要表達

韓國生活實境會話

文法 & 實用知識

MP3 收錄內容列表

有關人稱代名詞

經常使用的人稱代名詞如下所示。第一人稱「我」有2種說法，저（cheo）是나的謙讓語，對初次見面的人或上司使用。나（na）使用於對等關係或是晚輩。

在下（謙讓語）	저 cheo	我們（謙讓語）	저희 / 저희들 cheo.hi　cheo.hi.deul
我	나 na	我們	우리 / 우리들 u.li　u.li.deul
您	당신※ tang.sin	您們	당신들 tang.sin.deul
你	너 neo	你們	너희 / 너희들 neo.hi　neo.hi.deul
誰	누구 nu.gu		

※「您」당신（tang.sin）限於夫婦之間使用。

這些人稱代名詞會隨著後面的助詞，產生形態的變化。

主格助詞		主格助詞		～的	
在下	저는 cheo.neun	在下	제가 che.ga	在下的	저의 / 제 cheo.e/che
我們	저희는 / cheo.hi.neun 저희들은 cheo.hi.deu.leun	我們	저희가 / cheo.hi.ga 저희들이 cheo.hi.deu.li	我們的	저희의 / cheo.hi.e 저희들의 cheo.hi.deu.le
我	나는 na.neun	我	내가 nae.ga	我的	나의 / 내 na.e　nae
我們	우리는 / na.neun 우리들은 u.li.neun	我們	우리가 / u.li.ga 우리들이 u.li.deu.li	我們的	우리의 / u.li.e 우리들의 u.li.deu.le
你	너는 neo.neun	你	네가 ne.ga	你的	너의 / 네 neo.e　ne
誰	누구는 nu.gu.neun	誰	누가 ne.ga	誰的	누구의 nu.gu.e

有關指示語

以下的單字置於名詞前，在指示人或物品時使用。

這	이 i	這個人	이 사람 i-sa.lam	這邊	이쪽 i.jjok	這裡	여기 yeo.gi
那	그 keu	那個人	그 사람 keu-sa.lam	那邊	그쪽 keu.jjok	那裡	거기 keo.gi
那	저 cheo	那個人	저 사람 cheo-sa.lam	那邊	저쪽 cheo.jjok	那裡	저기 cheo.gi
哪一	어느 eo.neu	哪一人	어느 사람 eo.neu-sa.lam	哪一邊	어느 쪽 eo.neu-jjok	哪裡	어디 eo.di

指示代名詞在會話當中，ㅅ收尾音經常被省略。

這個	이것 / 이거 i.geot　i.geo
那個	그것 / 그거 keu.geot keu.geo
那個	저것 / 저거 cheo.geot cheo.geo
哪個	어느 것 / 어느 거 eo.neu-geo eo.neu-geo

使用「은/는」、「이/가」的助詞時，會簡化縮寫形，這是會話中經常使用的形態。

主格助詞	基本形	縮寫形	主格助詞	基本形	縮寫形
這個	이것은 i.geo.seun	이건 i.geon	這個	이것이 i.geo.si	이게 i.ge
那個	그것은 keu.geo.seun	그건 keu.geon	那個	그것이 keu.geo.si	그게 keu.ge
那個	저것은 cheo.geon.seum	저건 cheo.geon	那個	저것이 cheo.geo.si	저게 cheo.ge
哪個	어느 것은 eo.neu-geo.seun	어느 건 eo.neu-geon	哪個	어느 것이 eo.neu-geo.si	어느 게 eo.neu-ge

超基礎文法

30 種重要表達

韓國生活實境會話

文法 & 實用知識

MP3 收錄內容列表

疑問詞的彙整

這裡整理出「誰」、「什麼」、「何時」等各種疑問詞。請參考以下例句。

中文	韓語	例
誰	**누구** nu.gu	누구세요？（請問是誰？） nu.gu.se.yo
什麼	**무엇 (뭐)** ※ mu.eot (mwo)	이것이 무엇입니까？（這是什麼？） i.geo.si-mu.eo.sim.ni.gga 이게 뭐예요？（這是什麼？） i.ge-mwo.ye.yo
什麼的	**무슨** mu.seun	오늘은 무슨 날이에요？（今天是什麼日子？） o.neu.leun-mu.seun-na.li.e.yo
何時	**언제** eon.je	언제 만나요？（何時見面？） eon.je-man.na.yo
哪裡	**어디** eo.di	화장실이 어디예요？（化妝室在哪裡？） hwa.jang.si.li eo.di.ye.yo
哪一	**어느** eo.neu	어느 분이세요？（是哪一位？） eo.neu bu.ni.se.yo
如何	**어떻게** eo.ddeo.kke	어떻게 가요？（怎麼去？） eo.ddeo.kke ka.yo
多少	**얼마** eol.ma	얼마예요？（多少錢？） eol.ma.ye.yo
為何	**왜** wae	왜 울어요？（為什麼哭？） wae u.leo.yo
幾	**몇** myeot	몇 살이에요？（幾歲？） myeot ssa.li.e.yo

※ **뭐**是**무엇**的縮寫形，經常在口語中使用。

🔊 月份和星期的唸法

各月和各星期的唸法一覽

● 月

1 月 **일월** i.lwol 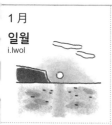	2 月 **이월** i.wol 	3 月 **삼월** sa.mwol 	4 月 **사월** sa.wol 
5 月 **오월** o.wol 	6 月 **유월** yu.wol 	7 月 **칠월** chi.lwol 	8 月 **팔월** ppa.lwol 
9 月 **구월** ku.wol 	10 月 **시월** si.wol 	11 月 **십일월** si.bi.lwol 	12 月 **십이월** si.bi.wol 

● 星期

星期一 **월요일** wo.lyo.il	星期二 **화요일** hwa.yo.il	星期三 **수요일** su.yo.il	星期四 **목요일** mo.gyo..il
星期五 **금요일** keu.myo.il	星期六 **토요일** tto.yo.il	星期日 **일요일** i.lyo.il	星期幾 **무슨 요일** mu.seun-nyo.il

超基礎文法

30 種重要表達

韓國生活實境會話

文法 & 實用知識

MP3 收錄內容列表

3. 活用韓語的知識集

信件的書寫方法

　　有關私人的信件，並沒有特別難的規定。就和用日語寫信時一樣，坦率地寫出自己的心情吧。這裡，讓我們來看看在第114頁小舞在後援會上交給韓流明星的粉絲愛慕信吧。

〔解說〕

① 小舞是某個男藝人死忠的粉絲，所以在對方的名字前面寫上「親愛的」**사랑하는**（sa.lang.ha.neun）。**오빠**（o.bba）直接翻譯時，就是「哥哥」的意思，但這裡是帶著對偶像的憧憬心情而加以使用。以及，〜**에게**（e.ge）是表示要寄信給誰的「給〜」給予對方的尊稱，使用方式和日文的「〜樣（閣下）」一樣，加上**선생님**（seon.saeng.nim）、**님**（nim）也可以。寫信給長輩，或對需要使用尊稱的對象時，要使用表示尊敬意思的助詞**께**（gge），意思是「致〜」。

【例】

아버님께（致父親）　　**선생님께**（致老師）　　**김은주님께**（致金恩珠）
a.beo.nim.gge　　　　　seon.saeng.nim.gge　　　kim.eun.ju.nim.gge

「親密關係中，在全名或是名字後面加上「〜先生／小姐」**씨**（ssi）也可以。
對使用半語的朋友，以名字＋**에게**（e.ge）的方式來使用也是很平常的。這種情況，如果是以收尾音結尾的名字，要先加上－**이**（i）。

【例】

지현이에게（給志賢）　　**준기에게**（給準基）
chi.hyeo.ni.e.ge chun.gi.e.ge　　chun.gi.e.ge

② 開頭的問候用語也要確實加上。

③ 信件結束的時候，也要加入道別的用語。

④ 日期要寫在名字的前面。

⑤ **드림**是**드리다**「給」的敬語名詞形，在信件尾端寫在自己名字的後面，有「敬上」的意思，能給予更禮貌的印象。還有，原則上對長輩或地位高的人，要使用比起**드림**更合適的**올림**（相當於「獻上」的敬語，較鄭重的語氣，是**올리다**的名詞形。

信件範例

親愛的　哥哥　給
사랑하는 ○○ 오빠에게 ←①
sa.lang.ha.neun　o.bba.e.ge

你好嗎
안녕하세요？ ←②
an.nyeong.ha.se.yo

那　陣子　好好地　度過了嗎
그동안 잘 지냈어요？
keu.dong.an　chal　chi.nae.sseo.yo

我　託你的福　好好地　度過　正在
저는 덕분에 잘 지내고 있어요.
cheo.neun teok.bbu.ne　chal　chi.nae.go　i.sseo.yo

哥哥　從　力量　助詞　多　獲得　正在　謝謝
○○오빠한테 힘 을 많이 얻고 있어요. 고마워요.
o.bba.han.tte　hi.　meul ma.ni　eot.ggo　i.sseo　ko.ma.wo.yo

我 也　哥哥　像　認真地　生活
저도 ○○오빠처럼 열심히 살게요.
cheo.do　o.bba.cheo.leom yeol.si.mi　sal.ge.yo

健康　請注意　以後　更　多　活躍　希望
건강 조심하시고 앞으로 더욱 더 활약하시기를 바래요.
keon.gang cho.si.ma.si.go　a.ppeu.lo　teo.uk ddeo hwa.lya.kka.si.gi.leul　pa.lae.yo

還有　一直　請快樂
그리고 언제나 행복하세요.
keu.li.go　eon.je.na　haeng.bo.kka.se.yo

再見
안녕히 계세요. ←③
an.nyeong.hi ke.se.yo

年　月　日
2011 년 1 월 7 일 ←④
i.cheon.si.bil.lyeon　i.lwol　chi.lil

小舞　獻給
마이 드림 ←⑤
ma.i　teu.lim

中文翻譯

親愛的○○哥哥，你好嗎？這陣子過得還好嗎？託你的福，我目前過得很好。我從○○哥哥身上，獲得許多力量，謝謝你。我也會像○○哥哥一樣，認真過生活。請你要注意健康，希望以後你能更加活躍。還有，祝你永遠快樂。2011年1月7日 小舞敬上。

● **寄件人的寫法**

　　介紹一個書寫的範例。當然以漢字書寫，或是以英文字母在國際郵件格式
上書寫都可以寄達。

寄件者欄位除了姓名、地址，也要記得寫上
郵遞區號和「Taiwan（R.O.C）」。

收件者的住址，由大地區至小地區依序書
寫，最後是建築物名稱或門牌號碼。另外，
首爾地址的説法有「首爾特別市○區○
洞」，或是使用道路名的「○區○路○街」
等。

AI, HAN-YU
No.XXX-X, Bo'ai Rd.
Zhongzheng Dist., Taipei City 10048
Taiwan (R.O.C.)

서울특별시 중구 충무로○가
김영애 （귀하）
（우）100-XXX　　KOREA

AIR MAIL

對收件人的尊稱有許多種：
　귀하「閣下」…在較正式的場合，對上位者。
　님「先生／小姐」…對同輩、晚輩。
　앞「啟」…對同輩、晚輩。

寫上郵遞區號也可以。（**우**）或是
⊕都是郵遞區號的簡略記號。這
記號不寫也沒有關係。
「KOREA」要寫在收件者位置的
附近。

●收件者用漢字書寫也可以。韓
國的漢字和中文的繁體字與
日本的舊字體幾乎一樣，使用
常用的漢字標記也可以通用。

〈**收件者的漢字標示**〉

서울特別市中區忠武路 ○ 街
金英愛 閣下

（首爾並沒有漢字，所以就只寫韓文）

150

韓語的筆順

和日文一樣，「由左向右」、「由上向下」是基本的書寫方式。

●母音字

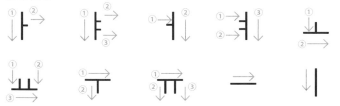

●子音字

※ 特別要注意的是 ㅂ（p），
要以「縱縱橫橫」的順序書
寫。

有關韓語的書寫格式

寫韓文句子時，在句末一定要使用句號「.」。疑問句時，則使用「？」。
逗號「，」也有使用。雖然有許多的規則，但首先要記住的重點有以下4點。

① 名詞和助詞要連著寫。

② 助詞的後面要空一格。

③ 名詞和입니다、名詞和예요／이에요要連著寫。

④ 數字和助數詞之間要空一格（阿拉伯數字則要緊連著書寫）。

【例】超市 在 柚子茶 受詞 3 箱 買了

슈퍼에서 유자차를 세 상자 샀습니다 .
syu.ppeo.e.seo　yu.ja.cha.leul　se　sang.ja　sat.sseum.ni.da

└─ 也可以寫成「3상자」

超基礎文法

30種重要表達

韓國生活實境會話

文法&實用知識

MP3收錄內容列表

中文注音的韓語標示

　　中文注音的韓語標示也是有規則的喔。除了ㄈ、ㄓ、ㄔ、ㄕ、ㄖ、ㄩ、ㄞ、ㄠ、ㄢ、ㄣ、ㄤ、ㄦ並沒有韓語字母可以對照之外，其他都有相似的對照字。

ㄅ	ㅂ（非初聲）	ㄏ	ㅎ	ㄝ	ㅔ
ㄆ	ㅂ（初聲）	ㄐ	ㅈ（非初聲）	ㄟ	ㅐ
ㄇ	ㅁ	ㄑ	ㅈ（初聲）	ㄡ	ㅗ
ㄊ	ㄷ（初聲）	ㄒ、ㄙ	ㅅ	ㄥ	ㅇ（終聲）
ㄉ	ㄷ（非初聲）	一	ㅣ		
ㄋ	ㄴ	ㄨ	ㅜ		
ㄎ	ㄱ（初聲）	ㄚ	ㅏ		
ㄍ	ㄱ（非初聲）	ㄛ	ㅓ		

簡易歷史年表

我們將古代一直到朝鮮時代的概略歷史，整理成簡單的年表。

中國	日本	韓國				
戰國	彌生	**古朝鮮** 고조선 ko.jo.seon			前 3 世紀	存在許多小國家
秦					西元前 195 年 西元前 108 年	衛氏朝鮮建國 漢武帝設置樂浪郡
前漢・後漢			**三韓** 삼한 sa.man			
魏南北朝	古墳	**高句麗** 고구려 ko.gu.lyeo	**百濟** 백제 paek.jje	**伽耶諸國** 가야 ka.ya	西元 391 年 西元 562 年 西元 663 年 西元 668 年	高句麗的廣開土王（好太王）即位 伽耶被新羅合併 白村江之戰，百濟滅亡 新羅・唐結成聯合軍，滅高句麗
隋	飛鳥	**新羅** 신라 sil.la			西元 698 年	大祚榮建渤海國
唐	奈良					
五代十國	平安	**高麗** 고려 ko.lyeo			西元 918 年	王建建高麗國 高麗青瓷製作
北宋						
南宋	鎌倉				西元 935 年 西元 936 年	新羅滅亡 高麗統一半島
元						
明	室町	**朝鮮** 조선 cho.seon			西元 1392 年	李成桂建朝鮮國 朱子學的官學化／銅版活字
	安土桃山				西元 1446 年 西元 1592 年 西元 1597 年 西元 1607 年	世宗公佈訓民正音（韓文） 文祿之役（壬辰之亂） 慶長之役（丁酉之亂） 朝鮮通信使（包含回答兼刷環使）啟用
清	江戶				西元 1876 年	日朝修好條規（江華島條約）
	明治					

超基礎文法

30 種重要表達

韓國生活實境會話

文法 & 實用知識

MP3 收錄內容列表

🌐 朝鮮王朝的小知識

這裡介紹韓國時代劇裡經常聽到的王與王妃的稱呼方法。

陛下	**전하** [殿下] cheo.na	對國王、王妃、王族使用的稱呼。家臣稱呼國王時的稱謂有주상전하「主上殿下」(chu.sang.jeo.na)或상감마마「上監娘娘」(sang.gam.ma.ma)。表示國王的一般單字是임금(im.geum)、왕「王」(wang)。
〜 大人 〜 娘娘	**마마** [瑪瑪] ma.ma	在宮中,對身份高的人使用。也可以做為「陛下」的意思使用。
大妃	**대비** [大妃] tae.bi	先王的妃子。周圍的人會以대비마마「大妃娘娘」(tae.bi.ma.ma)=「皇太后」稱呼。
王妃	**중전** [中殿] chung.jeon	國王的正室。被稱呼為중전마마「中殿娘娘」(chung.jeon.ma.ma)=「王妃／皇后」。
皇太子	**세자** [世子] se.ja	下一個繼承王位的王子。왕세자「王世子」(wang.se.ja)的簡稱。其它的王子則稱為왕자「王子」(wang.ja)、대군「大君」(tae.gun)。
皇太子妃	**세자비** [世子妃] se.ja.bi	皇太子的正室,왕세자비「王世子妃」(wang.se.ja.bi)的簡稱。王妃、國王等宮庭長輩以세자비「世子妃」(se.ja.bi)、빈궁「嬪宮」(bin.gung)加以稱呼,而其他人則要加上마마「娘娘」(ma.ma)稱呼。
両班	**양반** [兩班] yang.ban	朝鮮王朝時代的支配階級。兩班指的是文官和武官。
宮女	**궁녀** [宮女] kung.nyeo	在宮中仕奉的女官吏。상궁「尚宮」(sang.gung)就是宮女的職位之一。
宦官	**내시** 〔內侍〕 nae.si	打理國王身邊大小事情、就近服侍的官吏。

韓國的主要地名

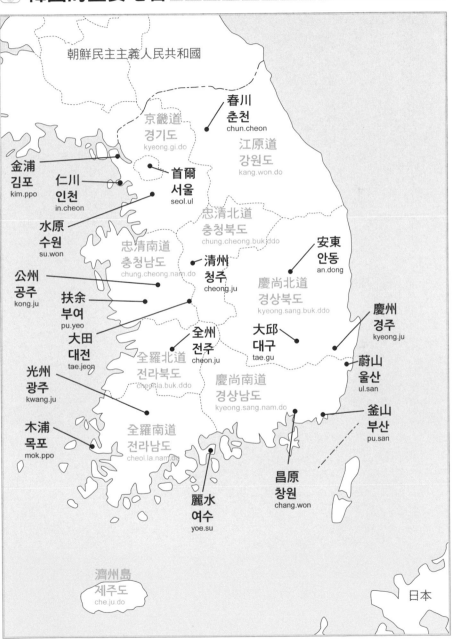

朝鮮民主主義人民共和國

京畿道
경기도
kyeong.gi.do

江原道
강원도
kang.won.do

春川
춘천
chun.cheon

金浦
김포
kim.ppo

仁川
인천
in.cheon

首爾
서울
seol.ul

水原
수원
su.won

忠清北道
충청북도
chung.cheong.buk.ddo

安東
안동
an.dong

忠清南道
충청남도
chung.cheong.nam.do

清州
청주
cheong.ju

慶尚北道
경상북도
kyeong.sang.buk.ddo

公州
공주
kong.ju

扶余
부여
pu.yeo

大田
대전
tae.jeon

全州
전주
cheon.ju

大邱
대구
tae.gu

慶州
경주
kyeong.ju

光州
광주
kwang.ju

全羅北道
전라북도
cheon.la.buk.ddo

蔚山
울산
ul.san

慶尚南道
경상남도
kyeong.sang.nam.do

木浦
목포
mok.ppo

全羅南道
전라남도
cheol.la.nam.do

釜山
부산
pu.san

昌原
창원
chang.won

麗水
여수
yoe.su

濟州島
제주도
che.ju.do

日本

超基礎文法

30 種重要表達

韓國生活實境會話

文法 & 實用知識

MP3 收錄內容列表

155

　　為了使附錄MP3達到更有效的活用，我們將收錄好的中文和韓語編入了列表。在這裡不會標上羅馬拼音，所以可以習慣韓語文字與強化聽力。請使用於PART單元的複習或全體總複習。

PART 1　清楚明瞭！超基礎文法

Track01- **基本母音字（P.15）**

ㅏ	ㅑ	ㅓ	ㅕ
ㅗ	ㅛ	ㅜ	ㅠ	ㅡ	ㅣ

Track02- **合成母音字（P.17）**

ㅐ	ㅒ	ㅔ	ㅖ
ㅘ	ㅙ	ㅚ	ㅝ	ㅞ	ㅟ	ㅢ

Track03- **基本子音字的發音練習（P.21）**

가	나	다	라	마	바	사
아	자	차	카	타	파	하

Track04- **字首和字中的發音差異（P.22）**

肉	고기	機器	기기	豆腐	두부
褲子	바지	夫婦	부부	經常	자주

Track05- **激音（氣音）的範例（P.23）**

相機	카메라	外套	코트	咖啡	커피
輪胎	타이어	橡實	도토리	投手	투수
蔥	파	票	표	葡萄	포도
茶	차	裙子	치마	辣椒	고추

Track06- **濃音（重音）的發音練習（P.24）**

까	따	빠	짜	싸

Track07- **濃音（重音）的範例（P.25）**

剛剛	아까	肩膀	어깨	開瓶器	따개
又	또	骨頭	뼈	忙碌	바쁘다
便宜	싸다	貴	비싸다	鹹	짜다
湯鍋	찌개				

Track08 - 平音、激音、濃音的比較（P.25）

平音	가	다	바	자	사
激音	카	타	파	차	
濃音	까	따	빠	짜	싸

Track09 - 收尾音的發音練習（P.27）

밖　밭　밥　발　밤　반　방

PART 2　必學！ 30 種重要句型表達

Track10 - 重要句型 1（P.36）

我是田村。	저는 다무라예요 .
是歌手。	가수예요 .
我的名字是智恩。	제 이름은 지은이에요 .
職業是上班族。	직업은 회사원이에요 .

Track11 - 重要句型 2（P.37）

田村先生是歌手嗎？	다무라 씨는 가수예요 ?
是演員嗎？	배우예요 ?
智恩小姐是學生嗎？	지은 씨는 학생이에요 ?
是上班族嗎？	회사원이에요 ?

Track12 - 重要句型 3（P.38）

不是人蔘茶。	인삼차가 아니에요 .
不是大學生。	대학생이 아니에요 .
不是韓國人。	한국 사람이 아니에요 .

Track13 - 重要句型 4（P.39）

這是什麼呢？	이게 뭐예요 ?
名字是什麼呢？	이름이 뭐예요 ?
興趣是什麼呢？	취미가 뭐예요 ?

Track14 - 重要句型 5（P.42）

有時鐘。	시계가 있어요 .
有人。	사람이 있어요 .
有小狗。	강아지가 있어요 .

Track15 - 重要句型 6（P.43）

有雨傘嗎？	우산 있어요 ?

佐藤先生在嗎？	사토 씨 있어요 ?
有小貓嗎？	고양이 있어요 ?

Track16- 重要句型 7（P.44）

沒有護照。	여권이 없어요 .
店員不在。	점원이 없어요 .
沒有企鵝。	펭귄이 없어요 .

Track17- 重要句型 8（P.45）

沒有末班車嗎？	막차 없어요 ?
李有美小姐不在嗎？	이유미 씨 없어요 ?
沒有貓熊嗎？	판다곰 없어요 ?

Track18- 重要句型 9（P.48）

這個多少錢？	이거 얼마예요 ?
車費多少錢？	차비는 얼마예요 ?
一晚多少錢？	일박에 얼마예요 ?

Track19- 重要句型 10（P.49）

是 5 萬元。	오만 원이에요 .
帽子是 12 萬元。	모자는 십이만 원이에요 .
海苔是 3 千元。	김은 삼천 원이에요 .

Track20- 重要句型 11（P.50）

幾個？	몇 개예요 ?
幾歲？	몇 살이에요 ?
幾人？	몇 사람이에요 ?

Track21- 重要句型 12（P.51）

有 7 個。	일곱 개 있어요 .
有 3 個鑰匙圈。	열쇠고리는 세 개 있어요 .
有 15 個橘子。	귤은 열다섯 개 있어요 .

Track22- 重要句型 13（P.54）

請給我咖啡。	커피 주세요 .
請給我那個。	그거 주세요 .
麻煩請給我水。	물 좀 주세요 .

Track23- 重要句型 14（P.55）

柚子茶怎麼樣？	유자차는 어때요 ?

明天怎麼樣？	내일은 어때요?
這個怎麼樣？	이거 어때요?

Track24- 重要句型 15（P.56）

是什麼書？	무슨 책이에요?
是什麼料理？	무슨 요리예요?
是什麼顏色？	무슨 색이에요?

Track25- 重要句型 16（P.57）

請問貴姓大名？	성함이 어떻게 되세요?
請問您貴庚？	연세가 어떻게 되세요?
請問您住哪裡？	주소가 어떻게 되세요?

Track26- 重要句型 17（P.60）

天氣很好。	날씨가 좋아요.
獲得禮物。	선물을 받아요.
住在東京。	도쿄에 살아요.

Track27- 重要句型 18（P.61）

吃早餐。	아침을 먹어요.
穿衣服。	옷을 입어요.
討厭。	싫어요.

Track28- 重要句型 19（P.62）

去韓國。	한국에 가요.
停在明洞。	명동에 서요.
朋友來。	친구가 와요.

Track29- 重要句型 20（P.63）

學習。	공부해요.
減肥。	다이어트 해요.
需要。	필요해요.

Track30- 重要句型 21（P.66）

我想看話劇。	연극 보고 싶어요.
我想搭地鐵。	지하철 타고 싶어요.
我想吃排骨。	갈비 먹고 싶어요.

超基礎文法

30種重要表達

韓國生活實境會話

文法 & 實用知識

MP3 收錄內容列表

Track31- **重要句型 22（P.67）**

想去明洞。	명동에 가고 싶은데요 .
想喝咖啡。	커피 마시고 싶은데요 .
想吃紫菜飯卷。	김밥 먹고 싶은데요 .

Track32- **重要句型 23（P.68）**

不去。	안 가요 .
不吃。	안 먹어요 .
不喝。	안 마셔요 .

Track33- **重要句型 24（P.69）**

沒忘記。	잊지 않아요 .
今天不出門。	오늘은 나가지 않아요 .
不遠。	멀지 않아요 .

Track34- **重要句型 25（P.72）**

您一向很美。	항상 예쁘세요 .
您有時間嗎？	시간이 있으세요 ?
您知道出發時間嗎？	출발 시간 아세요 ?

Track35- **重要句型 26（P.73）**

麻煩請關窗戶。	창문 닫아 주세요 .
請幫我寫在這裡。	여기 적어 주세요 .
麻煩開往機場。	공항으로 가 주세요 .

Track36- **重要句型 27（P.74）**

會開車。	운전할 수 있어요 .
可以全部吃完。	다 먹을 수 있어요 .
會做蔘雞湯。	삼계탕 만들 수 있어요 .

Track37- **重要句型 28（P.75）**

不會開車。	운전할 수 없어요 .
不能吃這個。	이건 먹을 수 없어요 .
窗戶打不開。	창문은 열 수 없어요 .

Track38- **重要句型 29（P.76）**

可以坐這裡嗎？	여기 앉아도 돼요 ?
可以吃這個嗎？	이거 먹어도 돼요 ?
明天可以打電話嗎？	내일 전화해도 돼요 ?

Track39- 重要句型 30（P.77）

我試著搭計程車過去。	택시로 가 보겠어요 .
我試著穿韓服看看。	한복을 입어 보겠어요 .
我嘗試獨自旅行。	개인 여행 해 보겠어요 .

PART3　韓國生活實境會話

Track40-Scene1 抵達機場　공항 도착（P.82）

① 請問哪裡可以換錢？	저…환전은 어디서 하죠 ?		
② 在那裡可以。	저기서 할 수 있어요 .		
③ 謝謝。	고맙습니다 .		
④ 歡迎光臨。	어서 오세요		
⑤ 要為您換多少錢？	얼마나 바꿔 드릴까요 ?		
⑥ 請幫我換兩萬元。	2 만엔 바꿔 주세요 .		
⑦ 好，在這裡。	네 , 여기 있습니다 .		
⑧ 包包	가방	⑨ 行李	짐
⑩ 行李領取證	짐표	⑪ 手推車	카트
⑫ 轉乘	환승	⑬ 租用手機	휴대폰 렌탈
⑭ 公共電話	공중전화	⑮ 觀光詢問處	관광안내소
⑯ 吸菸區	흡연 장소	⑰ 大型豪華巴士	리무진 버스

Track41-Scene2 見面　만남（P.84）

① 你好嗎？	안녕하세요 ?
② 請問是金準基先生嗎？	김준기 씨세요 ?
③ 是，您好嗎？	네 . 안녕하십니까 ?
④ 我是金準基。	김준기입니다 .
⑤ 我是冬木舞。很高興見到你。	후유키 마이예요 . 반갑습니다 .
⑥ 您來韓國真是太好了。	한국에 잘 오셨습니다 .

Track42-Scene3 體驗韓國　한국을 체험하다（P.86）

① 這種房子叫做韓屋。	이런 집들을 한옥이라고 해요 .
② 很好看。	멋있네요 .
③ 這裡可以學習編繩結。	여기서는 매듭을 배울 수 있어요 .
④ 小舞小姐也（試試）怎麼樣？	마이 씨도 어때요 ?
⑤ 那麼我來試試看。	그럼 해 보겠습니다 .
⑥ 老師，那就拜託你了。	선생님 , 잘 부탁합니다 .

超基礎文法

30 種重要表達

韓國生活實境會話

文法 & 實用知識

MP3 收錄內容列表

⑦ 韓屋村　　한옥 마을　　⑧ 醃泡菜　　　김치 담그기

⑨ 陶藝體驗　도예 체험　　⑩ 傳統工藝品　전통 공예품　　⑪ 體驗　　체험하다

⑫ 畫廊　　화랑　　⑬ 圖畫　　그림　　⑭ 版畫　　판화

⑮ 博物館　박물관　　⑯ 美術館　　미술관

Track43-Scene4 伴手禮　선물（P.88）

① 有包巾嗎？　　　　　　　　　보자기 있어요？

② 請給我看那個。　　　　　　　저걸 보여 주세요.

③ 可以摸看看嗎？　　　　　　　만져 봐도 돼요？

④ 是，沒關係。／可以。　　　　네, 괜찮아요. / 좋아요.

⑤ 這個請給我三個。多少錢？　　이걸 세 개 주세요. 얼마예요？

⑥ 請幫我分開包裝。　　　　　　하나씩 싸 주세요.

⑦ 人蔘茶　인삼차　　⑧ 柚子茶　　유자차　⑨ 玉竹茶　둥굴레차

⑩ 泡菜　　김치　　⑪ 海苔、岩海苔　김, 돌김 ⑫ 芝麻葉　깻잎

⑬ 鑰匙圈　열쇠고리　　⑭ 化粧品　　화장품　⑮ 韓紙　　한지

Track44-Scene5 韓國料理　한국요리（P.90）

① 不好意思！請給我們菜單。　　저기요！메뉴 좀 보여 주세요.

② 這家店最拿手的菜是什麼？　　이 집에서 가장 잘하는 요리가 뭐예요？

③ 拌飯最好吃。　　　　　　　　비빔밥이 가장 맛있어요.

④ 我們這邊！請幫忙點菜。　　　여기요！주문 좀 받아 주세요.

⑤ 請給我一個石鍋拌飯和一個普通拌飯。　돌솥비빔밥 하나하고 보통 비빔밥 하나
　　　　　　　　　　　　　　　주세요.

⑥ 還有也要濁酒。　　　　　　　그리고 막걸리도요.

⑦ 是，我知道了。　　　　　　　네, 알겠습니다.

⑧ 烤肉　　불고기　　⑨ 生排骨　생갈비　　⑩ 冷麵　　냉면

⑪ 人蔘雞　삼계탕　　⑫ 骨頭湯　곰탕　　⑬ 酒　　　술

⑭ 啤酒　　맥주　　⑮ 燒酒　　소주　　⑯ 法酒　　법주

⑰ 下酒菜　안주　　⑱ 盤子　　접시　　⑲ 筷子　　젓가락

⑳ 湯匙　　숟가락

Track45-Scene6 飯店　호텔（P.92）

① 麻煩 Check in。　　　　　　체크인 부탁합니다.

② 我叫冬木舞…。　　　　　　　후유키 마이라고 하는데요…

③ 我已經網路預約了。　　　　　인터넷으로 예약했어요.

④ 可以給我看護照嗎？　　　여권 보여 주시겠어요?

⑤ 麻煩請簽在這裡。　　　　여기에 써 주십시오.

⑥ 鑰匙在這裡。　　　　　　열쇠는 여기 있습니다.

⑦ 早餐　　아침 식사 / 조식　　⑧ 餐廳　식당, 레스토랑

⑨ 鑰匙　　열쇠 / 키　　　⑩ 房間　방 / 룸　　⑪ ～號房　　～호실

⑫ 吸菸室　흡연실　　　⑬ 禁煙室 금연실　⑭ 暖炕房　　온돌방

⑮ 旅行社　여행사

Track46-Scene7 搭計程車　택시를 타다 (P.94)

① 計程車搭乘處在哪裡？　　　택시 타는 곳은 어디예요?

② 在那裡。　　　　　　　　저기예요.

③ 請到這個地址。　　　　　이 주소로 가 주세요.

④ 會花多久時間？　　　　　시간은 얼마나 걸려요?

⑤ 會花一小時左右。　　　　한 시간 정도 걸려요.

⑥ 到了。　　　　　　　　도착했어요.

⑦ 是兩萬元。　　　　　　2 만 원이에요.

⑧ 車站　역　　⑨ 地鐵入口　지하철 입구　⑩ 電車　전철

⑪ 公車　버스　⑫ 高速巴士　고속 버스　⑬ 纜車　케이블카

⑭ 船　배　　⑮ 遊覽船　유람선　⑯ 收據　영수증

Track47-Scene8 韓國的護膚療程　한국에서 에스테틱을 (P.96)

① 請趴著。　　　　　　　엎드려 보세요.

② 有點痛。　　　　　　　좀 아파요.

③ 請麻煩稍微再輕一點。　　좀더 살살 해 보세요.

④ 腳腫起來了。　　　　　다리가 부었어요.

⑤ 很清涼。　　　　　　　시원해요.

⑥ 結束了　　　　　　　끝났습니다.

⑦ 身體變得輕飄飄的。　　몸이 가뿐해졌어요.

⑧ 謝謝。　　　　　　　고맙습니다.

⑨ 搓澡　때밀이　　⑩ 拔罐　부항　⑪ 挽面　솜털 뽑기

⑫ 汗蒸幕　한증막　⑬ 護膚　피부 관리　⑭ 足部按摩　발 마사지

⑮ 面膜　얼굴 팩　⑯ 艾草蒸浴　쑥찜　⑰ 三溫暖　사우나

⑱ 桑拿浴　찜질방　⑲ 中藥／漢（韓）方藥　한약 / 한방약

Track48-Scene9 地鐵　지하철（P.98）

① 我想到東大門市場… 　　　동대문 시장에 가고 싶은데요 …

② 要在哪裡下車？ 　　　어디서 내리면 돼요 ?

③ 請在東大門運動場下車。 　　　동대문 운동장에서 내리세요 .

④ 得換車嗎？ 　　　갈아타야 돼요 ?

⑤ 是的。請利用 3 號線到忠武路。 　　　네 , 3 호선으로 충무로까지 가세요 .

⑥ 在那邊請換搭 4 號線。 　　　거기서 4 호선으로 갈아타세요 .

⑦ **T-money** 　티머니 　⑧ 充電 　충전 　⑨ 剪票口 　개찰구

⑩ 票 　표 　⑪ 自動售票機 　자동 매표기 　⑫ 搭乘處 　타는 곳

⑬ 售票處 　표 파는 곳 　⑭ 窗口 　창구 　⑮ 路線圖 　노선도

⑯ 入口 　입구 　⑰ 出口 　출구

⑱ 換乘處 　환승 / 갈아타는 곳

Track49-Scene10 購物　쇼핑（P.100）

① 這個可以試穿嗎？ 　　　이거 입어 봐도 돼요 ?

② 當然，請穿看看。 　　　그럼요 . 입어 보세요 .

③ 沒有別的嗎？ 　　　다른 건 없어요 ?

④ 這個怎麼樣？ 　　　이건 어떠세요 ?

⑤ 是，這個不錯呢。 　　　네 , 이건 괜찮네요 .

⑥ 剛剛好。 　　　딱 맞아요 .

⑦ 上衣 　윗도리 　⑧ 罩衫 　블라우스 　⑨ 褲子 　바지

⑩ 裙子 　치마 　⑪ 皮鞋 　구두 　⑫ 手提包 　핸드백

⑬ 大 　크다 　⑭ 小 　작다 　⑮ 長 　길다

⑯ 短 　짧다 　⑰ 吻合 　맞춤 　⑱ 鮮艷 　화려하다

Track50-Scene11 約定　약속（P.102）

① 幾點見面好呢？ 　　　몇 시에 만날까요 ?

② 5 點怎麼樣？ 　　　다섯 시는 어떠세요 ?

③ 好。 　　　좋아요 .

④ 在星星咖啡店見面吧。 　　　스타 카페에서 만나요 .

⑤ 對不起，我遲到了。 　　　늦어서 죄송합니다 .

⑥ 沒關係。我也剛到。 　　　괜찮아요 . 저도 방금 왔어요 .

⑦ 咖啡店 　커피숍 　⑧ 傳統茶館 　전통 찻집 　⑨ 咖啡廳 　카페

⑩ 網咖 　피시방 (PC 방) 　⑪ 電影院 　극장 / 영화관 　⑫ 書店 　서점

⑬ 郵局　　　　　우체국　　　⑭ 銀行　　은행　　　　⑮ 藥局　　약국

⑯ 噴水池　　　　분수

Track51-Scene12 拜訪　방문（P.104）

① 這是我父母。　　　　　　　　우리 부모님이세요 .

② 您好嗎？　　　　　　　　　　안녕하세요 ?

③ 謝謝您的招待。　　　　　　　초대해 주셔서 감사합니다 .

④ 這是我小小的心意。　　　　　이건 약소하지만 선물이에요 .

⑤ 唉，不需要這麼客氣的。　　　아니 , 이런 거 신경 쓰지 않아도 돼요 .

⑥ 快進來。　　　　　　　　　　어서 들어와요 .

⑦ 好，房子真是漂亮。　　　　　네 , 멋진 집이네요 .

⑧ 一起用餐。　　　　　　　　　같이 식사해요 .

⑨ 爸爸　　아버지　　　　⑩ 媽媽　어머니　　　⑪ 哥哥　　형 / 오빠

⑫ 姊姊　누나 / 언니　　　⑬ 弟弟　남동생　　　⑭ 妹妹　　여동생

Track52-Scene13 日本介紹　일본 소개（P.106）

① 下次請來日本玩。　　　　　　다음에 일본으로 놀러 오세요 .

② 好。我們一定會去看小舞小姐的。　그래요 . 우리 마이 씨를 보러 가야지요 .

③ 一起去泡溫泉。　　　　　　　같이 온천에 가요 .

④ 富士山有清晰可見的露天溫泉。　후지산이 잘 보이는 노천 목욕탕이 있어요 .

⑤ 富士山是日本最高的山。　　　후지산은 일본에서 가장 높은 산이에요 .

⑥ 傳統文化 전통문화　　⑦ 茶道　　다도　　　　⑧ 插花　꽃꽂이

⑨ 柔道　　유도　　　⑩ 祭典　　축제　　　⑪ 書法　서예

⑫ 櫻花　　벚꽃　　　⑬ 楓葉　　단풍　　　⑭ 煙火　불꽃

⑮ 動畫　　애니메이션　⑯ 漫畫／少女漫畫　만화 / 순정 만화

Track53-Scene14 搭乘 KTX　KTX 를 타다（P.108）

① 請給我一張 10 點往大田的票。　열 시 대전행 한 장 주세요 .

② 是特別座？普通座？　　　　　특실입니까 ? 일반실입니까 ?

③ 請給我特別座。　　　　　　　특실로 부탁 드릴게요 .

④ 這班車是往大田方向嗎？　　　이 열차는 대전행이에요 ?

⑤ 是，對的。在大田有什麼事嗎？　네 , 맞아요 . 대전에서 뭐가 있어요 ?

⑥ 是，有粉絲見面會。　　　　　네 , 팬 미팅이 있어요 .

⑦ 高速鐵路, KTX　　고속철도 , KTX　　⑧ 臥舖車　　침대차

⑨ 特快車　　　特급　　　⑩ 快車　　　급행　　　⑪ 區間車　　완행

⑫ 客滿　　　　만석　　　　⑬ 空位　　　공석　　　⑭ 座位　　　좌석

⑮ 出發時間　　출발 시간　　⑯ 抵達時間　도착 시간　⑰ 站務員　　역무원

⑱ 車掌　　　　차장　　　　⑲ 候車室　　대합실　　⑳ 便當　　　도시락

㉑ 月臺　　　　플랫폼

Track54-Scene15 粉絲見面會　팬 미팅（P.110）

① 我，想要轉交粉絲信。　　　　　저 , 팬레터를 전하고 싶은데요 .

② 請放這裡就好。　　　　　　　　여기에 놓고 가세요 .

③ 請一定要幫我轉交。　　　　　　꼭 전해 주세요 .

④ 這邊這邊～！　　　　　　　　　여기요 ~ !

⑤ 加油！　　　　　　　　　　　　화이팅 !

⑥ 好帥！　　　　　　　　　　　　멋있어요 !

⑦ 哥哥～！加油～！　　　　　　　오빠 ~ ! 힘내세요 ~ !

⑧ 握手　악수　　　⑨ 玩偶、洋娃娃　　인형

⑩ 花束　꽃다발　　⑪ 螢光棒　　　　　펜 라이트

Track55-Scene16 問路　길을 묻다（P.112）

① 這裡是哪裡？　　　　　　　　　여기가 어디예요 ?

② 這裡是江南。　　　　　　　　　여기는 강남이에요 .

③ 大概是這地圖的哪裡？　　　　　이 지도에서 어디쯤 돼요 ?

④ 這裡。郵局附近。　　　　　　　여기예요 . 우체국 근처예요 .

⑤ 請問一下，這家咖啡廳在哪裡？　저기요 . 이 커피숍은 어디 있습니까 ?

⑥ 在那棟大樓 2 樓。　　　　　　　저 건물 2 층에 있어요 .

⑦ 謝謝。　　　　　　　　　　　　고맙습니다 .

⑧ 派出所　파출소　　　⑨ 紅綠燈　신호등　　　⑩ 十字路口　　사거리

⑪ 大馬路　큰길 / 대로　⑫ 小巷弄　골목길　　　⑬ 看板　　　　간판

⑭ 拐彎處　길모퉁이　　⑮ 鬧街　번화가

Track56-Scene17 電影欣賞　영화감상（P.114）

① 要吃爆米花嗎？　　　　　　　　팝콘 먹을래요 ?

② 好。　　　　　　　　　　　　　네 .

③ 也要喝可樂嗎？　　　　　　　　콜라도 마실래요 ?

④ 好，謝謝。我很想看這部電影。　네 , 고마워요 . 이 영화 , 보고 싶었어요 .

⑤ 好了，開始了。　　　　　　　　　자 , 시작해요 .

⑥ 我只有妳，我愛妳。　　　　　　　너밖에 없어 . 사랑해 .

⑦ 有你真好。　　　　　　　　　　　네가 있어서 참 좋아 .

⑧ 愛情片　　　로맨스　　　⑨ 古裝片 사극　　　⑩ 導演　감독

⑪ 原著　　　　원작　　　　⑫ 主演　주연　　　⑬ 演員　배우

⑭ 腳本、劇本　각본 , 대본

Track57-Scene18 交個朋友吧！　친구 하자！(P.116)

① 我來介紹，這位是小舞。　　　　　소개할게 . 이쪽은 마이야 .

② 你好嗎？　　　　　　　　　　　　안녕하세요 ?

③ 很高興認識你。　　　　　　　　　만나 뵙게 돼서 반갑습니다 .

④ 久仰大名。　　　　　　　　　　　얘기 많이 들었어요 .

⑤ 小舞小姐是大學三年級吧？我也是。　마이 씨는 대학교 3 학년이죠 ? 저도 그래요 .

⑥ 我們交個朋友吧。　　　　　　　　우리 친구 해요 !

⑦ 哇～真是太好了！　　　　　　　　와아 , 너무너무 좋아요 !

⑧ 那麼，我們以後說半語好嗎？　　　그럼 , 우리 앞으로 말 놓을까요 ?

⑨ 朋友　　　친구　　　⑩ 前輩　　　선배　　　⑪ 晚輩　　후배

⑫ 同年　　　동갑　　　⑬ 派對　　　파티　　　⑭ 歡迎會　환영회

⑮ 乾杯！　　건배！/ 위하여！

Track58-Scene19 道別用語　작별 인사 (P.118)

① 像是前幾天才剛見面的說…。　　　만난 게 엊그제 같은데…

② 小舞，可以給我郵件地址嗎？　　　마이 , 메일 주소 알려 줄래 ?

③ 好，在這裡。　　　　　　　　　　네 , 여기 있어요 .

④ 我會和妳連絡。　　　　　　　　　연락할게 .

⑤ 不要忘記我。　　　　　　　　　　나를 잊지 마세요 .

⑥ 當然！我們下次再見面吧。　　　　그럼 ! 우리 다음에 또 보자 .

⑦ 再見。　　　　　　　　　　　　　안녕히 계세요 .

⑧ 好，慢走！　　　　　　　　　　　그래 , 잘 가 !

⑨ 晚點　이따가 / 나중에　⑩ 下次　다음에　⑩ 未來／以後　장래 / 앞으로

① 喂。我是日本的小舞。　　　　여보세요 . 일본의 마이라고 하는데요…

② 啊～，小舞！妳順利抵達了嗎？　아아 , 마이 ! 잘 도착했어 ?

③ 是，在韓國真的很謝謝你。　　　네 , 한국에선 정말 고마웠어요 .

④ 是段精彩的回憶。　　　　　　　멋진 추억이 됐어요 .

⑤ 要再來玩。我會等妳的。　　　　또 놀러 와 . 기다릴게 .

⑥ 請幫我向伯母、伯父問好。　　　어머님 , 아버님께 안부 전해 주세요 .

⑦ 再見。　　　　　　　　　　　　안녕히 계세요 .

⑧ 回憶　　　추억　　　　⑨ 記憶　　　기억하다　　　　　　⑩ 地址 주소

⑪ 電話號碼 전화번호　　　⑫ 手機　　　핸드폰 / 휴대폰

마이에게
마이야 , 잘 있지 ?
난 잘 지내고 있어 .
있잖아 , 뭐든지 성공의 비결은 그만두지 않는 거야 .
한국어 공부 , 포기하지 마 !
어제는 마이 목소리를 듣고 참 반가웠어 .
또 언제든지 연락해 .
서울에서 준기가

給小舞
小舞，妳好嗎？
我過得很好。
告訴妳，無論任何事，成功的秘訣就是永不放棄，
妳不要放棄學習韓文！
昨天聽到小舞妳的聲音，我真的很開心，
要隨時保持連絡。
首爾的準基。

索 引

單字索引（注音音順）

學習項目索引

■中文索引■

▉韓語索引▉

現在開口說韓語 / 長友英子, 荻野優子著 ; 張亞薇
翻譯. -- 2版. -- 臺北市 : 笛藤, 2017.11
　　面 ；　公分
ISBN 978-957-710-707-7(平裝附光碟片)
1.韓語 2.會話
803.288　　　　　　　　　　　106019502

CD BOOK
SIMPLE KANKOKUGO KAIWA NYUUMON © Nagatomo Eiko, Ogino Yuko. 2011
Originally published in Japan in 2011 by IKEDA PUBLISHING CO., LTD.
Chinese translation rights arranged throughTOHAN CORPORATION, TOKYO.

現在開口說韓語

2019年05月24日　2版 第2刷

隨書附贈

中韓對照MP3

韓語字母表

著　　　者	長友英子・荻野優子
插　　　圖	岩昭里佳
翻　　　譯	張亞薇
封 面 設 計	王舒玗
內 頁 排 版	亞樂設計
總 編 輯	賴巧凌
發 行 所	笛藤出版圖書有限公司
發 行 人	林建仲
地　　　址	台北市中山區長安東路二段171號3樓3室
電　　　話	(02)2777-3682
傳　　　真	(02)2777-3672
總 經 銷	聯合發行股份有限公司
地　　　址	新北市新店區寶橋路235巷6弄6號2樓
電　　　話	(02)2917-8022・(02)2917-8042
製 版 廠	造極彩色印刷製版股份有限公司
地　　　址	新北市中和區中山路2段340巷36號
電　　　話	(02)2240-0333・(02)2248-3904
郵 撥 帳 戶	八方出版股份有限公司
郵 撥 帳 號	19809050